GAEA

Gaea

陰間

After world 2

〔黑廟〕

星子——著

陰間

After world 2

黑廟

目錄

第一章　逃家

彷彿永無止盡的機槍掃射聲中，夾雜著手榴彈爆破的巨響，一陣又一陣的笑喊怪叫聲裡交雜著此起彼落的髒言穢語，偶像歌手的流行歌曲聲中和著此起彼落的即時通訊軟體訊息提示音——這是一間網咖，一間和大多數網咖一樣吵雜不休的網咖，當然也和大多數網咖一樣，光線昏暗、菸味瀰漫。

柏豪包台的時段還有一小時二十分鐘才結束，他手撐著下巴，無精打采地呆望著螢幕。他剛剛結束了一場不怎麼有趣的即時戰略遊戲，因爲技術拙劣，無法從那個遊戲中獲得樂趣。

他很快地又從遊戲選單裡挑選了一款動作遊戲，這款遊戲中的角色可以拿著槍炮刀械在廣大的虛擬城市裡四處亂逛，可以搶劫、可以劫車、可以隨意開槍、可以見人就打，當然也可以進行設定中的故事路線。但柏豪看不懂遊戲裡的英文劇情提示，因此他只能不停重複著搶劫奪車、開槍打人的動作。

遊戲開始，他放下原本托著下巴的手，開始操縱鍵盤。很快地，他又感到有些乏味，肚子不停發出咕嚕嚕聲和一陣又一陣的擾人飢餓感。在他操縱滑鼠的手邊擺著個冷飲杯，早空了，還有一只泡麵碗，也是空的，是他在數小時前吃空了的。

他聞到身旁座位傳來好香的泡麵味，忍不住朝那方向看了一眼，是四、五個年紀和他差不了太多的男孩們，他們誇張地笑，尖聲彼此吐槽，你推我、我推你地十分熱鬧。

那群少年裡有人注意到了柏豪投來的目光，便凶狠地瞪起眼睛，歪斜起嘴巴飆罵：

「看啥小咧！」

「沒……沒啦。」柏豪趕緊將腦袋轉回自己的螢幕，望著手邊的空碗，嚥了嚥口水，他的肚子發出了強烈的咕嚕聲響。

「香喔！香喔！」那四、五個少年像是注意到柏豪的飢餓窘狀，哈哈笑了起來，紛紛舉起手中香味四溢的泡麵，大口吸著麵條，發出好響的吸吮聲。這讓柏豪更加飢餓、更加恐慌，他好想吃一碗泡麵，不由得摸了摸口袋。其實他不必摸也知道口袋裡只剩下一枚五十元銅板和兩枚十元銅板、三枚一元銅板，這是他身上唯一的現金，七十三元的財產應該可以吃上好幾碗廉價泡麵。但吃完之後，他該上哪兒去？

他拉了拉斜斜揹在身上的書包肩帶，讓書包更緊貼著自己的身子，這讓他得到些許安全感，當然不是書包本身，而是書包裡頭的東西。

「香喔！香喔！」那四、五個少年狂笑著拚命吸麵，像是企圖製造更大的聲響和更強的香味。其中一個少年突然嗆著了，漲紅著臉激烈咳嗽起來，惹得同伴瘋狂大笑，伸手推他。

「小聲一點啦！」「別人不用玩喔！」在另一端幾張座位那兒發出了不滿的斥喊。

「幹！不爽喔？」這頭四、五個少年立時回罵。「怎樣啦。」「不行喔。」

「當這裡是你家喔！」那端座位暴起一聲虎吼三字經，站起一個身高將近一百九十公分的壯碩青年，那青年留著平頭、皮膚黝黑，一雙眼睛又大又圓。

「怎樣啦？」這頭四、五個少年也沒讓那高大青年嚇著，霹哩啪啦地回罵一連串髒話，帶頭的少年個頭矮小，但聲音卻粗豪剽悍，髒話響雷似地飆炸。他拍桌子的聲音好響，還一腳踩上椅子、一腳踏上桌面，揚手指著數張桌外的青年，先來個大砲爆炸般的三字經作爲開場，跟著暴喝：「不爽不會滾出去喔！」

「別吵啦——」坐在櫃台邊的老闆細瘦的胳臂上，也有著老舊模糊的刺青。他捏下嘴邊的菸，瞇起眼睛吐出一口煙，咳了幾聲清清嗓子，然後說：「要吵出去吵啦！」

「靠么喔，抽你的菸啦！」那帶頭少年轉頭朝那老闆喝罵。

高壯青年身邊也站起兩個人，像是他的跟班，他們和四、五個少年怒瞪對峙著。

「大壩，給我個面子，你們三台算我請。」網咖老闆站了起來，向那端叫作大壩的高壯青年喊話，跟著又向這頭的矮小少年喊話：「小滅大爺，我這邊做生意的，不要亂啦。」

「做生意了不起喔?」那叫作小滅的帶頭少年聲音嘹亮，喊起來像是鞭炮炸藥一樣刺耳，他轉頭朝著大壩罵：「不爽就滾啊，怎樣，吃麵不行喔。」小滅這麼一喊，身旁的同伴們也幫腔罵著要大壩等人趕快滾出去。

大壩身旁一個跟班氣呼呼地飆罵三字經，一副要衝上前打架的模樣，卻讓大壩伸手阻止。大壩斜著嘴巴，和兩個跟班低聲說了兩句，三人離開座位，轉身朝店門方向走。

「哈哈，沒膽啦!」小滅這才躍下，和同伴們一同對離去的大壩鼓譟叫囂。

「……」柏豪對這莫名其妙的紛爭一點也不感興趣，他茫然地操縱遊戲角色在螢幕裡的城市漫遊，滿腦子卻想著熱騰騰的泡麵。比泡麵更好吃的食物無以計數，但不知怎地，他現在就只想要吃一碗泡麵而已。跟著他驚覺小滅已經領著同伴圍到了他身邊，其中一人還伸手拉了拉他的書包，盯著書包上的校徽問：「這哪間啊?聽都沒聽過!」

「幹……幹嘛啦?」柏豪警覺地將書包緊緊抱在懷中，怕一個疏忽，就會讓這幾個少年奪去。

「你剛剛看啥小?啊?」小滅伸手按在柏豪肩膀上，用戲耍獵物的目光盯著他看。

「我……我肚子餓，聞到味道看一看而已。」柏豪戰戰兢兢地回答。

「蹺課喔?還是蹺家?不對啦，你拿這把槍很爛耶，用武士刀啦——武士刀殺起來比較爽。」一個看來年紀稍大些的瘦高青年一面問著柏豪，還自作主張地操縱起柏豪的滑鼠，又一把霸佔了他的鍵盤，替他玩起遊戲。柏豪見那青年胳臂上有兩條又兇又長的疤，且還有一片墨黑色的刺青。

柏豪在學校裡也不是那種乖乖牌好欺負的傢伙，相反地還時常和同學起衝突，三不五時惹些事端，但和眼前這幾個明顯是「在混的」青少年相比之下，那帶頭的小滅腰間甚至大搖大擺地繫著一把摺疊刀，柏豪便顯得像是隻弱小兔子了。

「你看啥小？」小滅見到柏豪朝他腰間的摺疊刀望了一眼，馬上將刀抽出，「唰」地甩開，一把揚至柏豪臉前，惡狠狠地說：「再看挖掉你的眼睛！」

「啊！」柏豪驚呼地將身子向後縮，驚恐慌亂之中腳一滑摔在地上，手還緊緊抱著他的書包。

「喂喂……小滅哥、小滅大爺，給個面子啦，拜託啦，不要這樣嚇人家小朋友啦……」網咖老闆鐵青著臉，卻還是「哥」長「大爺」短地走來，拱起手中那包菸，遞向小滅。

小滅揮了揮手，咧開嘴罵：「不抽你的菸啦，你的菸臭死了。」

那高瘦青年回頭調侃老闆：「老闆偏心喔，請大壩不請我們。」

「請啦、請啦，剛剛你們幾碗麵不就是我請的，你們這幾台也我請啦，五台對不對，請啦、請啦。要喝飲料嗎？也請啦！五杯？」那老闆打著哈哈，將菸塞回口袋。

「六台，包括他。」小滅哼地一聲收回摺疊刀，指了指柏豪，對那老闆說：「他也一杯。」小滅這麼說時，又轉頭問柏豪：「要不要泡麵？」

柏豪還沒來得及答，他的肚子已經替他回答，發出了好長一聲「咕嚕」。

「好啦、好啦，六台都我請，六杯飲料，一碗泡麵。」那老闆便也識相地搓著手轉身。

「兩碗，我還要一碗。」「我也再一碗，三碗。」小滅身旁的少年吆喝著。

「好、好、好……三碗，唉……」老闆快步走，頭也不回地應答。

□

「你蹺家喔。」一個胖少年玩著手中的鑰匙圈，發出叮叮噹噹的聲響，問著柏豪。

柏豪端著泡麵吃得噝嚕作響，把湯也喝得乾乾淨淨，這才覺得肚子舒服了些。他朝著小滅等人點點頭說：「昨天沒回家……今天……應該也不會回家……」

「跟家裡人處不好喔？」那胖少年問，他豎起拇指，指指自己說：「我也是。」接著又指指小滅，說：「小滅哥也是。」

「幹！」小滅照著那胖少年的後腦重重搧了一巴掌，罵：「說你自己就好，幹嘛說我？」

「哈哈好痛……」胖少年摀著後腦笑著哀嚎，小滅這巴掌顯然搧得極重。

「你們也不住家裡喔？」柏豪問。他對小滅這夥人彼此間的相處態度也不算太陌生，在他就讀的國中裡，多的是這類成群結黨、下課後四處私混的學生，但柏豪在學校裡和那些學生並不熟絡。事實上，他轉至現在就讀的國中也不過才幾個月，在那之前，他在另一所國中犯了錯，遭到退學。

而今天，是他蹺家又蹺課的第二天，在此之前，他另外有兩次蹺家的經歷。

當然，現在這一夥人，除了那個高瘦青年年紀稍大些外，其餘的年紀看來都和柏豪差不了多少，顯然也和他一樣，在這個應當上課的時間裡卻未在學校。

「我們住宮裡。」一旁一個戴著眼鏡的蒼白少年插口說，他們之中，只有他身上穿著制服，但並未揹著書包，顯然也是蹺課。

「你沒地方去，不如也來我們宮裡啊，田叔人很好，包吃包住。」胖少年笑嘻嘻地說。

「田叔？」柏豪喃喃地複誦了這個名字，他有些猶豫、有點惶恐，但又有種像是溺水之人抓到了浮木般的幸運感。在此之前，他還擔心著自己不知該上哪兒——上哪兒都行，就是不要回家，若回家了，他那脾氣暴躁的老爸肯定會把他痛毆一頓，逼他將書包裡那支兩萬元的高級手機交出來，然後在隔天押著他到學校，將手機還給原主人。

他討厭手機的原主人，那傢伙家裡有錢，在班上囂張，時常帶著新買的高級玩意兒來學校炫耀。而這次他只不過趁大夥兒體育課結束後，搶先一步返回教室，「拿」走了那傢伙的新手機，讓那傢伙氣急敗壞地找了好幾堂課，還勞煩老師下令檢查全班同學的書包和抽屜。他將手機藏得十分隱密，但功虧一簣的是，他在放學返家的途中忍不住拿出來把玩了一番，好死不死讓那傢伙瞧見了。

那傢伙連同兩個小跟屁蟲將他圍起來，到了這地步，他偷東西的事實等同已經敗露了，只不過當時他逮著了個空檔，拔腿就跑，讓那個有錢公子哥卯足了全力也追不上他，只能氣得不斷叫罵。

當時柏豪不時回頭望著那少爺氣急敗壞的臉，心中得意極了，但他也知道得意便只有這一時之間而已，那傢伙自然不會善罷干休，會立時返回學校找老師告狀，然後消息會很快地傳到他老爸耳裡。這便構成他無法回家的窘境了，他總是想到什麼便做什麼，而沒去考慮後果。所以此時的他倒也沒後悔什麼，頂多便是埋怨自己竟在最後一刻露出馬腳罷了。

他在公園窩了一晚，天亮後找到這間網咖，打混到現在，疲累加上飢餓，才開始感到茫然無助，他知道自己差不多得認眞考慮是否回家接受老爸的震撼教育了。但此時小滅等人的出現，讓他覺得自己似乎還有其他選擇。雖然小滅這夥人的模樣，一看就是常見的中輟生、小混混之類的傢伙，但是他對這類傢伙並沒有太大的反感。他想，或許若換成那囂張有錢的同學被小滅這夥人圍住，大概會嚇得當場尿一褲子——敵人的敵人，應該可以做朋友——柏豪用他那不怎麼好的腦袋思考著這個問題。

「怎樣啦，要不要來我們宮裡啦。」那高瘦青年拍了柏豪肩頭一下。「田叔正好缺人耶，他用……用、用……」高瘦青年頓了頓，轉頭問：「用啥小？」另一個穿著制服的少年哈哈大笑：「用人唯才啦！」那高瘦青年彈了記手指，撥撥長髮說：「對、對，用人唯才，你來我們宮裡，包你有東西吃、有地方住。」

「好啊。」柏豪點點頭。「反正我也沒地方去。」

半小時後，四台改裝機車駛過濕濡小巷，停在一處大空地前，空地之後是一座廟宇。那廟的外觀倒也奇特，正中是一棟老舊透天公寓，兩旁緊連著額外擴建而出的違章鐵皮屋，鐵皮是深褐色的，整體外觀看來更像是個大工寮、大倉庫，和一般印象中的磚牆、瓦簷式古代建築廟宇差別甚大。但又由於廟外擺著香爐、金紙爐，一旁還插著旗幟，且門上懸著匾額和一排燈籠，因此儘管建築本身外形奇特，但總也能讓人一看即知這是間廟。

四台機車上六人下了車，小滅走在最前面，雙手插在褲袋裡，搖頭晃腦地領著眾人往那空地一棵大樹下幾張桌椅走去，那兒坐著幾個喝茶聊天的中年人。

「田叔。」小滅對著其中一個嚼著檳榔、穿著深色短袖上衣和黑色短褲、理著平頭、皮膚黝黑，大約五十來歲的中年男人點了點頭，指著柏豪說：「他叫柏豪，沒地方去，我帶他過來。」

「柏豪？」田叔望了柏豪一眼，隨便揮了揮手說：「帶他四處看看，晚上一起吃東西。」田叔說完，端起茶杯喝了一口，將目光轉回和他一同喝茶的那個穿著白襯衫的中年人，講起大人的正經事。「黃桑，我跟你說，王董在這裡經營幾十年，咱奉靈宮只是間小廟，得罪王董，我阿田在這裡混不下去啦。」

「有許先生在背後挺你，你還怕王董？阿田啊，我坦白跟你說，這次許先生看在和你父親的交情上，交代我把這件事給你幹，你不要無所謂，我去問問土方，說不定他有興趣。」那白襯衫的中年人叫作黃近福，戴著琥珀色眼鏡，笑咪咪地說完，起身準備離去。

「黃桑、黃桑，我不是這個意思……」田叔連忙起身喚住黃近福，攤著手說：「許先生開口，小弟當然在所不辭，我只是擔心王董報復，只要許先生罩著我，那當然沒什麼好怕的了。」

「這個當然，你幫許先生做事，許先生當然把你當自己人，當然罩自己人。」黃近福哈哈一笑，伸出手和田叔大力一握，然後才轉身，連同身邊兩個隨從往不遠處一輛黑頭轎車走去。

「阿田啊，你說你認識許先生，原來是眞的喔，不簡單喔！」「晚上請喝酒啦！」兩個中年友人在一旁拍著田叔的肩。

「我阿爸認識許先生好多年啦，你們等著看，土方前幾天囂張成那個樣子，自以爲王董挺他，現在我有許先生罩我，你們等著看好戲！」田叔得意地說。

柏豪早跟著小滅進入廟裡，沒聽見外頭田叔他們的對話，就算聽見了也聽不懂，大老闆和大老闆之間的恩怨，以及小角頭和小角頭之間的過節，都不是柏豪接觸過的事情，他那在工地做粗工的老爸平時也不會和他講這些。

那胖少年叫作阿彥，領著柏豪在廟中閒晃，向他介紹眼前所見的零碎事物。他們經過廟宇正廳，隨意看著供桌上幾排神像，柏豪也聽不懂阿彥介紹的那些神佛，多半是些五府千歲、中壇元帥之類的常見神像。

這廟由於經過擴建，內部十分寬敞，鐵皮隔成的房舍四通八達，有擺著各式法器、刀劍、服裝和化妝台的房間，也有擺著床鋪、小電視、衣櫥等，看起來像是宿舍一樣的房間。

「你們快來看啦，阿明他超強的——」一個少年自其中一間房間探出頭來大叫大嚷，那少年赤裸著上身，胸膛紋著大片黑龍，頭髮是粉紅色的。

眾人經過了那房間，柏豪見到房裡還有三、四個青少年窩在小電視前拚鬥著電玩遊戲。

「幹你他媽，這樣叫超強喔？」那高瘦青年倚在門邊，瞧著裡頭幾個少年玩電玩遊戲，不時插嘴叫囂。

「嘉宇，你靠北喔？」「你他媽的進來挑啊！」裡頭的少年也高聲回吼。

這兒的男孩們似乎已經習慣了使用這樣近乎咆哮的音量來對話，在他們的交談當中夾雜了大量的髒言穢語。

然而，柏豪對他們之間的對話一點也不在意，他那做粗工的老爸一開口，音量也是大得嚇人，且同樣三句話離不開髒字。便連柏豪自己都時常將粗口掛在嘴上，只不過不能讓他老爸聽見就是了，否則他老爸會重重賞他一巴掌，兇兇地罵：「恁娘咧，小孩子罵什麼髒話？我咧幹你——」柏豪有時會在捱了一巴掌之後，又學會一些新的粗鄙字眼，然後在下一次不經意隨口溜出時，又捱上一巴掌，然後再學到一些更新的粗話。

「閃啦，別擋路啦！」小滅伸手推開幾個擠在那小房間外擋路的少年，即使他的個頭比同年齡的國二男生矮了大半截，腦袋瓜頂甚至不到那叫作嘉宇的高瘦青年的鼻尖，但卻異常剽悍，就像是一頭雄猛暴躁的年輕獅子，不放過任何耍威風的機會，即便是剛加入他們的柏豪也能夠輕易地知道，小滅是這群青少年的頭兒。小滅的嗓音甚至還沒完全變聲，顯得青澀而尖銳。

「這幾間房間是大家睡覺的地方，阿彥那間還少一個人，你住他那間好了。」小滅指著其中一間凌亂的房間對著柏豪說。

那是個四坪大的房間，左右側各擺著兩張雙層床鋪，床上、地上、桌上散落著雜誌、漫畫、零食包裝等零碎雜物。

牆上則貼著一些年輕女星的海報，和一些陳舊符咒。

柏豪踏入了房間，一抬頭，天花板正中有一盞微微閃爍的日光燈，光線顯得有些青蒼。

□

令柏豪意外的是，晚餐不是他想像中那樣由一個久居廟裡的老婦人之類的，煮出帶有宗教口味的家常合菜，而是十來盒外送披薩、可樂。

十幾個年齡從十來歲到二十歲上下的青少年們，擠在廟宇擴建出來作爲餐廳的大廳堂裡，吵嚷笑鬧著瓜分那十數盒外送披薩。柏豪左手抓著一塊披薩，右手抓著一支雞腿，退到角落吃了個滿嘴油膩，周遭的氣氛讓他感到有些緊張。在學校裡他像是一匹孤狼，同學們則像是家犬，但在這兒，他倒像一隻混入狼群裡的寵物犬般安靜。

「田叔，啤酒啦。」幾個少年們起鬨著，喚著忙碌接聽手機的田叔。

「今天不行。」田叔按著耳朵講完手機，擺了擺手說：「今天晚上要開爐，不能喝酒。」

「安啦！」嘉宇揮了揮手，一副「包在我身上」的神情。

「什麼是開爐？」柏豪接過阿彥遞來的一罐可樂，低聲問他。

阿彥抹抹嘴，神秘地瞥了瞥遠處正和幾個少年笑鬧的小滅一眼，說：「很快你就知道了。」他還補了一句：「小滅開爐超強的。」

柏豪自然聽得一頭霧水，但阿彥也不多說，他和柏豪同齡，但眉宇言談倒有些老成。

「不好、不好……不能常常開爐……」一個含糊老邁的聲音從柏豪身旁傳來，柏豪愣了愣，轉頭看去，是一個駝著背的老人，老人一口牙幾乎要掉光了，咕咕噥噥地向柏豪搖著手說：「不好……不好……」

「阿叔！」田叔大步走來，將一碗稀粥遞給那老人，老人接過稀粥，對田叔也擺了擺手，說：「阿田……不能常常開爐……不好不好……」

「好啦、好啦，沒事情就去睡覺啦。」田叔不耐地朝著那老人揮了揮手，跟著一把勾著柏豪的肩，問：「你叫柏豪？」

柏豪點點頭。

田叔帶著他一面走，一面問：「沒地方去？」

柏豪又點點頭。

「幾歲了？住哪裡？讀哪個學校？」田叔帶著柏豪離開這喧鬧廳堂，穿過昏暗的廊道，兩邊鐵皮牆面漆黑斑駁，偶有經過鏤空的窗，可以見到外頭空地的樹和陰霾的天空。

「十四歲，國二。」柏豪跟著說了自己家在哪，又報上學校的名字。

「爛學校，不讀也沒差。」田叔哈哈大笑，帶著他走出廟宇。空地上擺著一只火盆，裡頭燒著一些枯葉。田叔拍拍柏豪的肩，說：「沒地方去的話就住這裡，田叔安排事情給你做。都大了，不是小孩子了，自力更生，沒有人可以管你，自己的人生自己掌握，知道嗎？」

田叔一面說，一面從褲袋掏出一疊千元大鈔，數了幾張，塞進柏豪胸前口袋。「先拿著，省著點用。」

「呃！」柏豪有些受寵若驚，但他本不是那種會客套推辭的個性，幾張千元大鈔說多不多，但他好幾年的零用錢加起來，也不及這個數字。即便是大過年，他從在工地做粗工的老爸手中拿到的紅包，也只有兩、三百元，此時田叔隨手塞進他口袋裡的這筆錢，對他而言，已經是筆天文數字了。

他鼓脹著臉，彆扭地說：「謝……謝謝。」

「身分證跟學生證有沒有帶在身上？」田叔隨口問。

「有……」柏豪點點頭，見到田叔向他伸出手，他有些遲疑，隱隱感到不妥，但他還是將身分證和學生證從書包取出，交給田叔。田叔看了看他的學生證和身分證，隨手將學生證扔進一旁的火盆中，身分證則放入自己口袋。

田叔對著呆然的柏豪解釋：「這樣比較安全，對你比較好，以後大家都是一家人，廟裡的人都是你的兄弟，大家有福同享、有難同當，知道嗎？」

「知道……」柏豪回頭，望向那經過擴建的廟宇，壁磚久經香火煙燻，暗沉沉的，而本來深褐色的鐵皮建築，入夜之後更加漆黑，增添了幾許威嚴感，在黑夜中，整座奉靈宮顯得格外碩大，猶如一座黑色城堡。

田叔帶著柏豪回到大夥兒吃披薩的廳堂，廳堂裡依然吵雜喧囂，不過似乎少了一些人，都是些本來看來較資深的青少年，例如小滅、嘉宇等等。

在一處通往二樓的樓梯轉角處，有個少年探出頭，向進來的田叔說：「田叔，小滅哥他們抽完菸了。」

「柏豪，去跟兄弟們認識一下。」田叔拍了拍柏豪的肩，獨自轉往二樓。

「幹得好！」少年們喧譁鼓譟拍掌，他們輪流把玩操作著一支酒紅色手機，最後，手機又回到了柏豪手中。柏豪小心翼翼地將手機折合收妥，雖然這是他偷來的東西，但他已經將它當成自己的財產了。他在大夥們的讚許之下，本來縈繞心中那一絲淡淡罪惡感，此時早已消失無蹤，取而代之的是一種「幹了一件好事」、「替大家教訓了一個討厭鬼」的得意心情。

「幹，你爸只用拳頭揍你喔，我爸還拿椅子砸我耶，哈哈哈哈！」

「我阿公超煩的，我才不想回家咧。」

「我家天天被人上門討債，我媽乾脆把我送來宮裡。」

「我在孤兒院跟一個賤貨打架，偷跑出來的。」

「我不想念書。」

「我家很有錢，但我就是不想待在家裡。」

少年們在聽完柏豪自述蹺家的原因之後，也一一述說起自己待在這裡的理由，他們之中最長的已有半年沒有回家，最短的也有兩週。

「小滅呢？小滅是什麼原因來到這裡？」柏豪問。

大夥全靜了下來，卻沒人回答他的問題。

不知是誰冒出了一句：「幹，好險小滅現在在開爐，不然你他媽就完蛋了！」

大夥兒轟笑，講了一堆小滅如何凶悍，會怎樣怎樣把柏豪打成殘廢的廢話；然後又是誇張的笑鬧，一堆稀奇古怪的線上遊戲術語，一堆乒哩磅啷的髒話笑語，和一堆毛都還沒長齊的低俗黃腔。

柏豪也跟著大夥兒笑，他偶爾瞥見牆上幾張陳舊泛黃的神明畫像，突然感到有些突兀，彷彿在這廟中，最格格不入的反而是供在桌上、懸在牆上的那些慈眉善目的神明們。

「快來啦！」「幹，幫忙啦！」一條通往二樓的昏暗小樓梯傳下吆喝呼喊聲，幾個少年連忙趕去接應。樓梯走下幾個赤裸著上身、臉上畫著怪異妝紋的青少年，他們顯得疲累而虛弱。柏豪遠遠望去，只見到矮個兒的小滅讓兩個少年架著，他半瞇著眼，臉上的妝讓汗糊得流淌到了胸口。

高個頭的嘉宇整個人向後仰著，倒在兩個同樣疲累的少年們的胳臂彎中，他幾乎失去了意識。趕去幫忙的少年們將他們抬到較空曠的地方，有的拿著毛巾替他們擦去汗水，有的倒來茶水讓他們潤口。

「發生什麼事？他們在上面幹嘛？」柏豪有些訝然地向胖少年阿彥發問。

阿彥依然神秘且似笑非笑地說：「很快你就知道了。」

第二章 打臉出軍

這日天氣晴朗，奉靈宮外的空地上，幾株大樹茂盛的樹葉隨著風吹擺動。這片地是田叔的，他在父親六年前過世之後，繼承了這片空地和奉靈宮。那時候，奉靈宮四周可沒此時所見的擴建加蓋建築，純粹是一間透天自宅改建而成的小廟，一樓供四周鄰里居民上香參拜，二樓則是田叔父親和老灰仔居住之用。

這是柏豪加入奉靈宮的第三天，此時他持著竹枝綁結而成的掃把，掃著大樹下的落葉，一面聽著阿彥和老灰仔閒聊。老灰仔咿咿呀呀地口齒不清，阿彥倒是健談，逗得老灰仔呵呵大笑。柏豪從他們的閒聊中得知，老灰仔原來是田叔的叔叔，和田叔父親一同打理這間奉靈宮已有三十多年。

至於阿彥，阿彥來到奉靈宮也才不到四個月，阿彥的父親去世得早，母親也在兩年前因病過世，阿彥不喜歡在家中和繼父大眼瞪小眼，便時常流連網咖，在一個和柏豪類似的機緣下，被小滅等人招攬進奉靈宮，幫忙打雜、跑腿，閒暇時刻便跟著資深的少年們學習跳將——官將首。

柏豪望著不遠處奉靈宮門前，小滅、嘉宇等一批青少年，人人素著臉未上妝，隨意穿著長褲、T恤，甚至直接赤裸著上身，持著陣頭兵器，有一搭沒一搭地操演陣形步伐。

小滅揚著手中的三叉尖槍，和嘉宇等人嬉鬧，見到田叔邊講手機邊步出廟門，這才稍稍收斂些，繼續演練。

小滅個頭矮小，身手倒是矯捷，稍微認眞，氣勢動作便和剛才的嬉鬧大不相同，一副神將上身的模樣，一連耍了好幾個陣頭動作，最後一個轉身擺了個帥氣的尪仔架姿勢。老灰仔見了拍了拍手，笑著說：「眞美……眞美……」

另一邊幾個少年則是演練著樂器，有大鑼大鼓和長長的哨角，有一聲沒一聲地奏著。田叔似乎對少年們的演練成果並不太在意，他總是有講不完的電話，一副忙碌生意人的模樣。每到下午，奉靈宮外會聚集一些人，似乎是田叔的朋友，老灰仔似乎對田叔那些朋友有些意見，昨天田叔的朋友一來，本來躺在樹下躺椅乘涼的老灰仔便起身，背著手走回廟裡，一面搖頭，一面喃喃碎唸。

田叔對叔叔老灰仔似乎也不怎麼尊敬，奉靈宮裡除了幾個資淺的少年還會將老灰仔當作長輩看待，偶爾叫聲「叔公」之外，小滅、嘉宇等較資深的，大都對老灰仔視若無睹，將他當成隱形人或一個嘮叨的失智老人。

「是……是……」田叔似乎接到了通重要的電話，語調恭敬許多，大聲地應著：「下午嗎？好、好……沒問題、沒問題……土方那邊我已經處理好了，現在他……呵呵嘿嘿……黃桑，你跟許先生說，保證他滿意，我阿田辦事很俐落的！」

田叔講完電話，轉頭朝著三五成群演練陣形、樂器的少年們喊：「下午要出軍，快去打臉！」

「喔！」嘉宇等人聽了，紛紛停下動作，往廟裡聚去。

「阿彥、柏豪你們也快準備，這次要跳得轟轟烈烈，跳他媽個雞犬不寧，哈哈哈哈！」田叔哈哈大笑，朝著柏豪這頭喊著。

「呿！」老灰仔對田叔這番態度似乎有些不以為然，將頭撇開，望著遠方，嘴裡喃喃唸著：「一張嘴不乾不淨，神靈莫見怪、莫見怪……」

「打臉？為什麼要打臉？」柏豪愕然地跟在阿彥後頭，拉了拉他的袖子問。

「就是化妝啦，你沒看人家拜拜時候，什麼八家將、官將首的跳陣都有化妝嗎？就是打臉啦。」阿彥答。

「我們也要跳喔？」柏豪更加愕然：「根本沒人教我怎麼跳啊！」

「沒差啦，我們只是小角色，小滅才是主角，他跳損將軍，是主將，我們在車上管道具就好了。」阿彥回答。

「什麼管道具，你們也要跳！這次不一樣，人要多一點，場面要熱鬧，越吵越好，快去打臉！」田叔在廟門前聽了阿彥說話，便出聲糾正。

「咦？眞要跳啊，那……我們跳什麼角色？」阿彥驚訝之中也有幾分欣喜，急急地問。

田叔揚了揚手，說：「你們兩個跳差役，阿彥，你練過幾次，你帶著柏豪跳。」田叔見到老灰仔還懶洋洋地躺在躺椅上，便朝他大喊：「老灰仔，幫他們兩個打臉啦，還在睡！」

老灰仔這才嘟嘟囔囔地起身，低著頭，搖搖晃晃跟入廟裡。

柏豪隨著大夥兒進入其中一間加蓋出來的鐵皮房間，裡頭有好幾張大鏡、一些板凳、一些高矮不一的櫃子，大櫃子中裝著的是官將首的衣裝服飾、兵器道具，小矮櫃裡則放著繪製臉譜的畫筆顏料等。

小滅、嘉宇等人熟練地換衣上妝，柏豪輩份較低，且他根本不知道這官將首臉譜該怎麼畫，便推了推身旁的阿彥，問：「是不是高興怎麼畫都行？」

「當然不是！」阿彥搓了搓手，有些興奮地說：「不同的角色有不同的臉譜，不過小地方可以自己變化一下，我也是第一次打臉，呵。」

「阿豪喲，你不懂，我來幫你畫。」老灰仔的聲音自後頭傳來，招著柏豪和阿彥到了角落。那兒沒有鏡子，老灰仔提著一個老舊的小木盒，放在一張板凳上，又拉了另外一張板凳自個兒坐下，這兒有一扇小窗，老灰仔望了望窗外。

柏豪和阿彥也拉了張板凳坐下，阿彥回頭看另一端的小滅等人，個個聚精會神地畫著自己的臉，有些羨慕。他朝著倚在門邊的田叔喊：「田叔，讓叔公幫柏豪畫，我自己畫好不好……」

「你會不會啊？不要畫壞了，拖延大家時間。」田叔說到這裡，手機又響了，也沒多答，轉身又講起電話。

「我會畫，我很會畫圖！」阿彥拍了拍胸脯，對老灰仔說：「叔公，我自己畫就好了，你幫柏豪畫，我很會畫畫，我在學校畫畫比賽都拿第一啦。」阿彥這麼說，也不等老灰仔答，便自個兒擠進了小滅那夥人中，也要了顏料和畫筆，對著鏡子畫起臉來。

「……」老灰仔沒說什麼，將阿彥那張凳子拉來當作小桌面，放上幾只小碟子，緩慢地從面漆盒裡挑出畫筆和顏料。老灰仔望了望柏豪的臉，喃喃地說：「阿豪跳差役啊……」

「啊，是啊。」柏豪點點頭。

老灰仔在小碟子上倒了許多紅顏料，再摻入些綠顏料，混合成近似褐色的顏色，跟著又在顏料之中倒了些嬰兒油，調和之後便以畫筆沾了往柏豪臉上塗。

老灰仔一面塗，一面緩緩地說：「將首喲，是地藏菩薩收伏的惡鬼，在地上代神出巡、鎮壓奸邪，是浪子回頭、是改過自新呀……阿豪啊，跳將要尊敬神靈呀，打了臉、著了裝，就是神將肉身，不可以頑皮、不可以講壞話、不可以吃葷、不可以喝酒吃檳榔，知道嗎？」

「知道。」柏豪答，靜靜地讓老灰仔的畫筆在他的臉上塗塗抹抹。老灰仔年紀大了，手抖得嚴重，好幾次畫到他眼睛附近時，都差點將畫筆扎著他的眼睛。老灰仔不時拍拍自己的大腿，說：「老了就不中用囉。」

不一會兒工夫，老灰仔已經替柏豪畫完了整張臉，左看看、右看看，像是十分滿意，拉著柏豪起身，教他揀衣著裝。

「幹！你們看……」幾個少年望著柏豪指指點點，哄笑聲起彼落。

柏豪起初尚不明白大夥兒為什麼瞅著他笑，走了幾步瞥見一面鏡子，這才見到鏡中自己的臉給老灰仔畫成了斑駁不均的深褐色底，再用黑顏料簡單勾了些眼眶線紋，和其他人臉上豐富的花樣圖騰大不相同，單調素陋許多；且大概是老灰仔年邁手不穩，勾出的線紋也是歪七扭八，十分難看。

柏豪有些失望，他本來以爲讓經驗老到的老灰仔「打臉」，說不定會比其他人更好看，卻沒料到老灰仔將他畫成這副德行。這讓他不大開心，皺了皺眉問：「叔公，我的臉是不是沒畫完啊？」

「咦？」老灰仔頓了頓，答：「畫完啦，差役的臉就是這樣啊。」

「喔……」柏豪失望地接過老灰仔遞來的一樣樣裝飾衣褲，照著指示穿上，不時偷瞧著其他人，只見到似乎挺有美術天分的阿彥用紅藍二色，替自己畫了張帥氣的差役臉。

跳主將損將軍的小滅，也熟練地畫了張威武的綠臉；嘉宇和另一名青年跳增將軍，則是畫紅臉；除此之外，范將軍是黑臉，謝將軍是白臉，虎爺將軍有張虎臉，引路童子的臉妝則可愛許多。他們臉上除了基調底色之外，都有著豐富的圖紋。

大夥兒打完臉，開始著裝，換上紅褲、坎肩，再加上袖套、靠腿和雲肩，跟著再戴上假眉和鬢角，嘴巴含上獠牙，最後戴上華麗盔帽，變成了民間節慶裡常見的官將首陣頭了。

「你們還沒好啊？」田叔急匆匆地趕來，見到大夥兒輕輕鬆鬆地著裝、挑揀兵器，急得啐罵：「快、快、快！快來不及了，趕快到外面集合！」

「對對對，快去燒香化符，準備開光降神……」老灰仔見田叔催促，便也跟著叮嚀。

「燒個屁啦，沒時間了啦！」田叔大聲拍掌催促，將大夥一一趕到外頭去。小滅等人拿著自己角色的專屬兵器，打打鬧鬧地往外頭去。

老灰仔追在後頭，扯著嗓子喊：「不行啦，香一定要燒，還沒化符啦！」

「老灰仔，別吵啦！你有空就幫忙燒幾支香啦，我這邊很忙，人要到了啦！」田叔來到廟外空地上停放著的一輛貨車前，拉開車門，見到老灰仔還噫噫呀呀追在後頭，氣得大罵：「你回去顧廟啦！」

老灰仔雖讓田叔的喝罵止住了腳步，但顯得有些激動，喊著：「阿田啊，要降神啦！燒香、化符，規矩不能省啦……」

「吵死人！」田叔將少年們全趕上了車，自個兒上了貨車右座，指示司機開車，又搖下車窗，對著仍呀呀嚷嚷的老灰仔喝叱：「快回去顧廟啦，不要那麼多廢話！」

貨車駛動，柏豪望著逐漸遠離的空地，和呆然佇在空地上的老灰仔，心中並沒有太大感覺。

「記得啊，待會跳得來勁一點，打鼓的打越大力越好、敲鑼的敲越大聲越好。總之，就是越吵越好啦，哈哈！」一個八字眉的中年男人，一臉混混樣，和柏豪等十來個少年同樣蹲坐在貨車載貨箱中，叼著菸，嘻嘻哈哈地說。

另一個頂著滾圓啤酒肚的中年男人答腔：「對啦，看到有人靠近，你們就要越兇，嚇得他們屁滾尿流就對了！」這兩人都是平時和田叔喝酒聊天的豬朋狗友。

「阿秦，你安排的人準備好了嗎？」田叔搖下車窗，探出頭，向後頭問著。

「準備好了啦，現在應該已經開始鬧了吧，哈！」那八字眉男人笑著答。

柏豪聽得摸不著頭緒，也不太感興趣，他坐在最後方的位置，茫然看著街上車潮、看著貨車後頭的汽機車。他聽見身旁少年們的鼓譟聲，他們向那些汽機車上的人耀武揚威著，有的打著大鼓、有的吹起哨角，甚至揚起手上的戒棍、虎牌等等兵器道具。柏豪在己方這種威勢感染下，也覺得自己的頭似乎抬得高了些，不再像以前在學校裡那樣黯淡而不起眼。他發現跟在貨車後的汽機車駕駛或是乘客們大都會將目光避開，而不敢正視他們，這讓他覺得有些威風，也握起拳頭，揚了揚手；他本想說些什麼，但他想起了老灰仔替他打臉時的叮嚀，便將本欲對一個經過的機車騎士罵的「看啥小」硬吞回了肚子。

我現在的身分已經是神將了嗎——柏豪這麼想時，雖不免疑惑，卻也有些飄飄然。

「到了、到了！」少年們騷動起來，他們見到大街前方一處即將完工的大樓工地正起著騷動，那是七、八個中年男女，有的哭天喊地，有的亂撒紙錢，有的正和那工地頭爭論著什麼。

貨車在對街停下，少年們肆無忌憚地翻身下車，無視往來的汽機車就奔過了街，來到那工地，田叔和兩個朋友也下車跟在後頭。

柏豪打量著這工地，見到那工地有一片小空地，已經畫上了停車格；在空地之後是一棟幾乎完工、造型新穎的大樓，大樓有部分的鷹架尚未拆卸，一些牆面也尚未貼上外磚。在完工之後，這兒會成爲一座複合型賣場，裡頭會有大小不一的店面，從生活百貨、便利超商、服飾精品、孩童玩物到美食餐廳等應有盡有。

空地上的停車格已經停了兩、三輛車，是經招商邀請來勘查的各大連鎖企業主管，到日落之前，還會有其他企業的主管前來。雖然這賣場尚未完工，但由於地段好，招商說明活動早已如火如荼地進行。

「來來來！是何方惡鬼在此作亂！」那叫阿秦的八字眉中年男人搖搖擺擺地在空地上吆喝，頭頂盔帽、身披雲肩、手持兵器的將首少年們紛紛擁入這停車廣場。隨著嘉宇一聲喝令，唰地分立兩邊，居中的損將軍小滅掄舞著三叉尖鎗，嘉宇等扮演增將軍、范謝將軍、虎爺將軍、引路童子的將首成員們紛紛踏步起舞。柏豪跟在阿彥身後，雙手舉著戒棍，學著其他人的動作，胡亂踏著陣頭步伐，他低聲對著阿彥說：「我根本不知道怎麼跳。」

「就亂跳啊，看我的動作就對了，其實我也不知道怎麼跳。」阿彥打著哈哈說。另外幾個持著大鼓、銅鑼、哨角的少年們也按照阿秦叔的指示，使盡了力氣敲鑼打鼓，吹響哨角。

「喂喂，你們是幹什麼的？」一個滿頭大汗，穿著襯衫挽起了袖子的主管模樣的男人急匆匆趕來，在他身後還緊跟著兩個下屬，另外又有兩、三個中年婦人。主管模樣的男人到了阿秦叔面前，氣急敗壞地說：「這是什麼？你們在幹嘛？」

「啊？」阿秦叔取出口中的菸，呼出一口煙，將手擺在耳朵旁，瞇著眼睛說：「我聽不清你說什麼？」

「這裡是私人土地，你們來鬧事我可以報警！」那主管拉高了分貝喊。

「什麼私人土地，問過我了沒有！」一個男人擠進這團人群，揚著皺巴巴一疊文件，生氣大吼著：「這塊地我也有份，我大哥自作主張賣給你們，我可不同意，叫你們老闆出來！」他一面吼叫，索性轉身朝佇在賣場大門邊幾個不知所措的連鎖企業代表奔去，揮揚著手上的文件，大喊：「你們不可以在這裡開店，這塊地是我的，我根本沒同意！」

「快把他趕出去！」那滿頭大汗的主管大聲叫著，幾個下屬手忙腳亂地要去趕人，卻又讓幾個婦人糾纏住。那些婦人噫噫啊啊地哭著，有的手中拿著招魂旗子，有的拿著一疊冥紙，胡亂嚷著：「我家男人的屍骨埋在這地底下，這裡本來是亂葬崗呀，讓我們進去招魂，這樣對四周鄰居風水不好，會出事啊！」

「胡說八道什麼！」兩個職員甩著大嬸的手，臉上還給砸了一疊冥紙。

「你們到底在跳什麼？誰請你們來的？」滿頭大汗的主管推了推眼鏡，朝著阿秦叔吼叫。

阿秦叔又呼了口煙，裝作沒聽見，自顧自地繞圈，小滅等將首成員的動作也愈漸誇張，還不時發出大喝，早已和傳統官將首藝陣步伐陣形相去甚遠，更像是一群抓狂暴動的狒狒。他們搖頭晃腦、尖聲叫著，有些還持著鯊魚劍打起雲肩和靠腿。事實上鯊魚劍並不是官將首陣頭的正式兵器，鞭打自己也和官將首步伐動作天差地遠，不過，少年們又哪裡知道這些，田叔並沒有認眞教導他們官將首陣頭的種種規範戒律和全部的一切。

事實上，田叔自己也對將首藝陣文化一知半解，此時他正笑嘻嘻地和一個朋友在對街貨車旁抽菸喝飲料，看熱鬧兼講手機，竊笑地說：「黃桑，有啦，人已經到了，好精采，你沒親眼看到眞是可惜啦，哈哈。」

主管追著阿秦叔跑，幾個穿著襯衫的職員上前想要驅趕小滅等人，卻又畏懼他們手中那些又尖又長的兵器和他們狂暴的動作。

那主管讓阿秦叔推了兩把，氣急敗壞地轉身向下屬大吼：「到底報警了沒有？」

「他們說派人來了啦！」那下屬哭喪著臉說。

不一會兒，一輛警車在賣場工地外停下，走來兩個制服警員，阿秦叔也識相地招了招手，小滅等人停下動作，氣喘吁吁地排成一列，席地而坐。

那主管比手劃腳地向兩個警員們說明這兒發生的情形，但那幾個大嬸在一旁夾纏不清、哭天搶地，那聲稱也擁有這塊地的男人更是義正詞嚴地張開手中的文件，向兩個警員不停述說自己的委屈。

此時更多車駛入，有大型連鎖超商和一些知名品牌企業派來參加招商說明的人，全讓工地中這場面嚇傻了眼。雖然賣場方面仍然派出了接待員，將他們帶往賣場內部，但途中那幾個婦人們追著他們噫噫呀呀地哭，還有自稱是附近居民的幾個傢伙舉著布條抗議這兒的風水問題，這頭有人拉起了襯衫嚷嚷著要切腹，那頭已經有人扔起了臭雞蛋。各路人馬彼此像是各不相關，卻又分進合擊，幹的都是同一件事——鬧場。

「哈，沒用啦。」田叔遠遠瞅著那輛警車笑，對身旁的朋友說：「黃桑那邊早就打點好了，除非眞幹起來，否則警察不會插手這件事啦，你看他們只派兩個菜鳥來捱罵，罵完了就回去啦……哈哈，幹！你看，我說的沒錯吧！」田叔得意地指著兩個不知所措、離開工地的員警上了警車，關上警示燈，落寞而去。

「要是土方眞的來了，那還不幹起來？」那朋友問。

「土方，哼哼。」田叔瞥了身旁朋友一眼，詭譎地笑了笑。

「什麼？你說什麼？」滿頭大汗的主管聽了一個下屬的通報，臉色難看到了極點。下屬低聲回答：「我們打了好幾通電話，都找不到那……那位土先生，後來終於聯絡到他小弟，說他前兩天出了車禍，好像很嚴重，現在還在加護病房觀察……」

「那叫他小弟來啊！」主管見到幾個企業代表隨意看了看賣場內部施工情形後，便匆匆離去，終於按捺不住火氣，飆罵起來：「媽的，當我們不會揺人啊！」

「他找土方耶，你知不知道土方在哪裡？」

阿秦叔在一旁聽了，呵呵竊笑地頂了頂正喝著自備運動飲料的嘉宇。嘉宇捧腹大笑，四周的將首成員們又陸陸續續地跳起陣來，將那大鼓搥得震天價響、銅鑼敲得響亮刺耳，柏豪和阿彥等較資淺的少年們扮演著差役，也不知是哪個先帶頭，持著戒棍戳敲著地面，一面搖頭晃腦地繞圈，看來更像是南美洲偏遠部落的民俗舞蹈。

下屬青著臉，點頭如搗蒜，但下一秒又有些遲疑：「我都是直接和那位先生聯絡，沒有他出面召集，要找他小弟恐怕有點困難……」

「他媽的，我不管有什麼困難啦！」主管爆著青筋，氣極大吼：「不管是誰都好，把他們給我趕走！」

「是誰在這裡鬧事！」一陣粗獷吼聲從賣場正門傳來，一批拿著鏟子、榔頭的施工工人湧了出來。原來是一名職員靈機一動，拜託那工地工頭幫忙。工頭看在額外工錢的份上，又見底下盡是些毛頭小子和大媽大嬸，二話不說便召足了人手殺下，這氣勢可比小滅等人還要凶猛許多。

「誰要你們來的！」那工頭領著人走來，重重推了阿秦叔一把，身後的工人們紛紛舉起手上的鏟子、榔頭等大吼：「滾出去啦！」「別妨礙我們工作！」

那些撒冥紙的大嬸、抗議的居民、要切腹的、扔雞蛋的傢伙們，見這批施工漢子可比起先前賣場職員們凶悍太多，絕不好惹，便也漸漸後退，退到了工地外頭，繼續抗議著，但氣勢便弱上許多。那揮著文件聲稱是土地所有人的男人，也氣呼呼地撥了撥頭髮，大喝一聲：「我每天都來！」便轉身走出工地，騎上他的機車，揚長而去。

「啊！」柏豪遠遠瞧著那些工人，突然猛一驚，其中一個竟便是他的老爸——老陳。老陳此時看來像是老了十歲，無精打采地持著鐵鍬佇在一旁。

柏豪趕緊閃到阿彥身後，擔心被認出來，他知道要是自己在這種情形下被老爸認出，老爸肯定會用手上那柄鐵鍬將他劈成兩半，儘管他整張臉上著妝，且一身將首裝扮，但仍然低著頭，不敢多看。

「你們很不講理耶！」阿秦叔氣呼呼地拍了拍衣服，轉身吆喝：「走啦、走啦，我們改天再來！」

「喔，走囉——」「走啦——」少年們也停下了動作，三三兩兩地轉身離開。

柏豪混在人群當中，離去前忍不住回頭望了望他老爸，心中有些茫然，上一次他離家兩天，被逮到之後給揍成了豬頭，今天是他離家的第四天，若是被逮到，會被揍成什麼樣子就不知道了。但爲何老爸此時看來這樣萎靡無神，這樣的老爸揍起人來還會痛嗎？

柏豪無心細想太多，便隨著眾人穿越馬路，翻上了貨車，看著天色，已經黃昏了。

□

傍晚，街邊的海產快炒店喧譁熱鬧，小滅等人佔據了店外三張桌子，眾人臉上的妝和身上的衣物皆未卸下，頂多解下了盔帽和雲肩，和兵器一同隨意擱在腳邊。他們的談笑聲是其他桌客人的好幾倍，小滅的聲音更是格外響亮。

田叔和朋友在對街的茶樓裡談著事情，還有其他人在場，似乎是正經事。田叔總是一副生意人的模樣，享受著接不停的電話和談不完的事情所帶來的忙碌感。

柏豪注意到有些客人朝他們望來，連忙將頭撇開，有些尷尬地向身旁的阿彥說：

「我們不把妝卸下？」

「上了妝就是神將，威風還來不及咧，還怕人家看啊。」阿彥笑著調侃。

和柏豪同桌的小滅本來正和嘉宇大笑，聊著不知道哪兒聽來的黃色笑話，此時像是隱約聽見了柏豪與阿彥的談話，站了起來，仰高了頭四處張望。他順著柏豪方向望去，對著方才不停看著柏豪的那桌客人厲聲大吼：「看啥小啦——」

那桌坐著三、五個三十來歲、穿著襯衫的男人，本來酒過三巡，談笑間也頗爲熱鬧豪氣，此時讓小滅一吼，登時靜得大氣沒吭一聲。

「還看！」小滅順手抓起一柄湯匙，唰地朝那桌擲去，擲中桌上一盆魚湯，湯水濺在兩個男人身上。兩個男人也喝了酒，本來一臉不服氣地要起身理論，卻被同桌友人拉住，當中一個趕忙結了帳，留下一桌吃到一半的酒菜。

店裡店外寂靜一片，小滅這邊三桌爆出喝采。其餘桌客人卻是面面相覷，交談聲細如蚊蠅，更有些客人悄悄地結帳買單走人。

「我跟你講，以後就要這樣，神將團的人不能被別人瞧扁，聽到沒有！」小滅坐下，怒瞪著柏豪說。

柏豪點點頭，又側過頭向阿彥問：「『神將團』是我們的名字?」

阿彥說了一個線上遊戲的名字，解釋：「是我們在遊戲裡面的團名啦，每個人名字前掛神將團，像你就是『神將柏豪』，我就是『神將阿彥』。」

「喔。」柏豪對自己的新稱號有些不自在，那款遊戲他也有玩，他在裡頭的暱稱是「帥帥的小迷糊」，他完全不敢提及這個舊帳號，生怕讓同伴們取笑，或是被小滅扔湯匙。

他遲疑地看了看又重新和嘉宇等人笑鬧起來的小滅，低聲問著阿彥：「所以……他們就是『神將小滅』、『神將嘉宇』？」

「對。」阿彥點點頭，挾了幾口菜，隨意和柏豪扯了些不相干的話題，找了個機會悄悄叮囑他：「小滅不喜歡別人聊他，你不要一直提到他啦。」

「不好意思，上菜。」快炒店女侍應生戰戰兢兢地端著菜餚上桌，又提來一手啤酒，拿著開瓶器要替眾人開酒。

嘉宇睨著眼睛，上下打量著那年輕的女侍應生，鼓譟起鬨淨說些低級調侃的話，惹得大夥兒一陣轟笑。那女侍應生倒酒的手有些發顫，素淨的臉漲得通紅，匆匆倒完了酒，趕忙離開。

「幹，你想上人家就直說啦！」同桌一人起鬨，嘉宇拍桌大叫：「幹，老子有那麼不挑嗎？」「那你說些屁話幹嘛？」「說給你們爽啊！」眾人笑鬧叫嚷著。

柏豪望著阿彥遞來的啤酒，遲疑地問：「叔公不是說……上了妝禁葷禁酒，也禁說壞話，我們這樣好嗎？」阿彥先是一愣，搖頭說：「在我們宮裡，大家都聽田叔的話，再來是聽小滅哥跟嘉宇哥的話，老灰仔的話你聽聽就算了……」

大夥兒取起酒杯，柏豪見到小滅、嘉宇朝他望來，趕緊也舉起杯。他熟悉酒味，他那粗工老爸時常喝酒，但他自己卻不會喝，他只是個十四歲的國中學生。

「乾喔，要乾喔。」小滅咧開嘴笑，目光掃過每一個伙伴說：「誰沒乾被我抓到，打臉喔，不是跳將的打臉，是很痛的打臉喔！數到三，一、二、三——」小滅口中的「三」字一出，大夥兒通通將酒往嘴裡倒。

或許是畏懼小滅的威勢，又或許是不想在大夥面前示弱，柏豪在第一時間便將整杯啤酒咕嚕幾口嚥下肚。這是他出生至今第一次喝酒，在此之前，他對冰箱中擺著的那些罐裝啤酒，或是櫃子裡的高粱、紹興、瓶裝藥酒等完全不感興趣。在他的印象裡，這些東西是讓本來就又臭又暴躁的老爸，變得更臭更暴躁的詭異飲料。

此時他不由得皺起了眉頭，滿嘴淨是苦澀的味道，這玩意兒和他想像中一樣難喝。

「哈哈！」大夥兒指著沒能一口將酒喝乾的阿彥，阿彥在灌酒時嗆了一口，咳個不停，杯中還有一些殘酒。

「來來來！」小滅哈哈笑著，向阿彥招手，阿彥苦笑著來到小滅身前，還沒做好準備，臉上便結結實實捱了小滅一巴掌。這巴掌響亮至極，大夥兒靜了三秒，然後爆出哄堂大笑。

阿彥自嘲地搗著臉苦笑，還誇張地做出天旋地轉的動作，轉身回座，卻露出一閃即逝的無奈眼神。他見到柏豪盯著他瞧，便趕緊露出慣見的微微笑臉，呵呵地說：「小滅哥的掌力超強，以後你多的是機會領教。」

柏豪也沒說什麼，這兩、三天下來，他大致明白奉靈宮裡大夥兒的相處模式，田叔就像是主人，提供包括自己在內的少年們吃和住，像是大家的乾爹一樣；小滅則像是宮裡的二當家，是所有少年的頭頭，對宮裡大部分少年而言，小滅每一句話都是不得不從的號令。

此時柏豪既已喝了酒，便也不顧叔公的叮囑，乾脆地吃起了蒸鮮魚、炒牛肉和炒蝦。三天下來，柏豪比起幾個差不多資淺的少年們更快地融入了奉靈宮的生態。或許是有偷竊手機這樣的「戰績」，使他獲得了其他少年們某種程度上的認同，便連他自己，也對這個本來令他感到不安徬徨的行爲產生了新認知，他更加覺得自己以往在學校中的不適應，全都是學校的不對，是老師的不對，是老爸的不對，他才是最正常的一個。

「呀——」女侍應生尖叫了一聲，她端著一盤炸蝦上桌時，不知是誰伸手摸了她臀部一把。

「呀——」嘉宇模仿著女侍應生的聲調這麼叫，惹得眾人哈哈大笑。

「是誰！是誰這麼豬哥？」另一名少年起鬨叫著。

女侍應生快步奔回了快炒店廚房，許久不再出現，少年們開始叫囂鼓譟，因爲接替那年輕女侍應生替大夥兒上菜的是個中年婦人。中年婦人好顏陪笑地端菜、開酒、遞餐巾、收去髒盤，卻仍然無法滿足這些少年們。

「不要歐巴桑啦！」「換人啦！」嘉宇帶頭叫嚷，他一面狂笑，一面用筷子敲著瓷碗。

「幹！他們在那——」幾聲咆哮，十來個青少年持著棍棒出現在街的那一頭，帶頭的人又高又壯，正是前兩天在網咖裡和小滅對嗆的大壩。大壩穿著黑色夾克，拎著一支鋁棒指著小滅這幾桌吼罵了幾句三字經，帶著眾人大步走來。

「靠夭喔，是大壩耶！」嘉宇尖笑一聲，順手抄起了腳下一支兵器，那是差役使的戒棍，嘉宇舉在手上耀武揚威。小滅這三桌青少年立時也紛紛將擺在腳邊的戒棍、鐐銬、狼牙棒、鯊魚劍等出陣法器一一舉起，朝著走來的大壩那群人回吼叫囂。

大壩領著人走到了快炒店前，到了小滅那些人約一張桌子的距離時停下，指著小滅和嘉宇喝問：「白天你們是不是去鬧王董的場？幹，你們不知道那邊是我們在罩的嗎？」

「誰鬧場啊，我們是去幫他們降妖除魔耶！」嘉宇將戒棍高舉過頂，仰著一張紅臉哈哈大笑，接著他低下頭，笑著問：「你說那邊你們在罩，那當時你們人咧？躲起來啦？」

「大壩，我沒找你，你反倒來找我啊！」小滅喝地一聲踩上塑膠板凳，跟著又一腳踏上桌子，指著大壩叫罵。他的聲音又尖又響，此時快炒店除了他們之外，寂靜一片，還沒來得及買單離去的客人此時大氣也不敢吭一聲，店老闆更是臉色鐵青地遠遠觀望。他想要說些什麼來調解，但一句開場詞兒也想不起來，他只知道小滅這夥人也算得上是他店裡的常客，要是說錯話得罪這批凶神惡煞，以後可吃不了兜著走了。

「你不配跟我說話，叫你們乾爹出來！」大壩威嚇地喊：「田叔，我不是來打架的，出來好好談！」大壩的吼聲像是一頭雄獅。

「你媽咧！」小滅尖吼：「那你們土方大怎麼不出來！」

「因爲土方大變成木乃伊啦——」嘉宇用怪異的哭音喊。

「我幹你！」大壩氣得瞪眼大吼，朝嘉宇走去，嘉宇也挺起戒棍：「來、來、來，看看誰幹誰？」

「媽的一群毛都還沒長齊的小鬼是在幹什麼——」

不知從哪兒來的一聲暴烈怒吼，喝停了兩邊少年們轟吵聲，大夥兒朝那怒吼聲音看去，是兩個便衣刑警，以及三個制服警員。帶頭刑警一頭亂髮、滿頰鬍碴，嘴裡叼著根菸，是王智漢。

王智漢走到兩方人馬之間，往左看看小滅、嘉宇，往右看看大壩等人，目光停留在大壩臉上，說：「好像看過你。」

大壩哼地一聲撇開頭，將手上的鋁棒扛在肩上，敲呀敲地像是替自己捶肩膀一般。

「現在是怎樣？這麼多人想幹架啊。」另一個便衣警察瞪著大壩那夥人喝喊。

「沒啦，我們要去打球啦！」大壩那方一個青年搖了搖手上的球棒，說：「國民運動耶。」

「打球？」王智漢點點頭，吐了口煙，走到說話那青年面前，問：「球呢？」

「球在這裡啊……」另一個青年當眞從口袋掏出一顆棒球，朝王智漢晃了晃。

王智漢伸出手，接過那顆球，拋了拋說：「硬球喔……那手套呢？」

「買不起手套啦！」「警官你不要擾民好不好。」「你買給我們喔。」大壩那方青年們起著鬨。

「空手接硬球喔，好好，哪個站出來接我一球，我以前校隊的。」王智漢嚷嚷地說，盯著起鬨當中那說話最大聲的一個，朝著他指了指說：「來來來，我陪你打球。」

「誰鳥你啊。」那被王智漢點名的青年吐了吐舌頭，向後一退。

「我記起來了。」王智漢的目光重新放回大壩臉上，走到他面前，雙手交叉，歪著頭盯著大壩，呼了口煙：「你爺爺最近身體怎樣？」

「他死了。」大壩昂頭皺眉看著一邊。

王智漢點點頭，又說：「你爺爺不在了，所以你現在跟了土方仔這癟三，混得不錯啊，當了個小頭頭。」他這麼說時，還用拳頭敲了敲大壩的肩膀，說：「身體比以前更壯了，偷偷練過吧，想找我報仇嗎？」

「王仔！」大壩哼地一聲撥開王智漢的手，指著小滅那邊說：「我來跟他們把話說清楚，今天的事你應該也聽說了吧，這群王八蛋到王董那邊鬧。」

「他們鬧王董關土方仔什麼事？」另一個便衣刑警冷笑一聲，說：「還是說王董和土方仔很熟？」

大壩哼了哼，看著王智漢說：「王仔，現在你跟田螺的人比較好就對了，擺明整我們就對了？」

「誰說的？」王智漢不屑地呿了一聲，喊：「阿田呢？死去哪了？給你爸滾出來！」他這麼說，轉身走向小滅這方，問：「你們是阿田的小弟？你們老大呢？」

「你誰啊你！」小滅仍然高高站在板凳上，一腳踏著桌子，指著王智漢吆喝一聲，他身後十來個少年紛紛鼓譟起來。小滅這邊的人見大壩那方讓王智漢幾句話澆熄了氣焰，此時便要表現得更加囂張，表示「我們比你們帶種多了」。

「警察了不起喔！」一個少年厲聲叫著，伸手指著王智漢的鼻子。

王智漢捏著菸深深一吸，瞇著眼睛，隨手將菸蒂扔在地上用腳踩熄，朝著那指著他的少年臉上噴出一大口煙。

「幹！」那少年讓這口煙熏得睜不開眼睛，伸手朝王智漢胸口推去，卻讓王智漢握住手腕，將他扭過身磅地壓倒在桌上。

「小鬼，你今年幾歲？敢襲警！」王智漢一手還壓著那少年，一手在他後腦袋搧了兩巴掌。

「你敢動我神將團的人？」小滅又是一聲大喝，居高臨下地朝王智漢尖吼。

「啥？」王智漢撇過頭望著小滅，說：「跳八家將還替自己取隊名喔，誰是隊長？」

「是官將首啦！」「不懂就不要亂講，蠢豬！」「警察打人喔。」少年們叫囂鼓譟著。

王智漢拍了拍那個讓他扭在桌上的少年腦袋，問：「你叫什麼名字？你今年幾歲，你父母送你到廟裡跳八家將？」

「就跟你說是官將首！」「不懂就不要亂講！」少年們轟叫著。

「我……」那少年也不過十來歲，右手讓王智漢拗至背後，又痠又痛，早嚇得不敢作聲，猶豫半晌，報了自己名字，唯唯諾諾地不知該不該講下去。

「你再理他試看看！」小滅指著那少年厲聲喝喊。

「你眞的很吵。」王智漢放開那少年，皺眉轉身來到小滅身前，仰頭望著他，問：「你是他們的頭頭？幾歲？住哪？你父母呢？」

小滅尖聲罵了一句三字經，怒吼：「關你屁——」他還沒說完，王智漢便一腳將小滅踩著的那張板凳拐倒。小滅整個人轟隆砸在桌上，整張桌子登時傾倒，湯湯水水、碗碗盤盤一下子翻灑得淅哩嘩啦，一桌人如驚弓鳥般地向周圍散開。

「幹——」小滅滾倒在地，又立時彈了起來，瞪大了眼睛要衝向王智漢拚命，卻讓嘉宇一把抱住，在他耳邊說：「他是條子耶，讓田叔來處理。」

「幹——」小滅哪聽得進去，揮手掙開嘉宇，朝王智漢奔去。

王智漢一抬腳蹬在小滅胸口上，又將他踢了回去，摔在嘉宇和幾個少年身前。

「幹——」小滅雙手亂扒，扒到了一支鯊魚劍，又要掙扎起來去拚命。這次嘉宇等一擁而上，七手八腳地抱著小滅，不讓他發蠻。

「喂、喂喂！」本來在對街茶樓上喝茶的田叔，從窗子見到了底下紛爭，急急忙忙地趕來。他認出了王智漢，立時堆起笑臉，說：「是王仔啊，有何貴幹啊？」

「聽說你們去鬧王老闆的工地？」王智漢盯著田叔。

「哪有鬧啦，我們奉靈宮本來就是靠跳將討生活啊，地主要我們去那邊鎮妖驅邪，我們就工作啊。哪天王董請我們去跳，我們也跳啊。時機歹歹，顧飽肚子，混口飯吃，別這樣難爲我們嘛。」田叔搓著手說。

王智漢扠著腰來到田叔面前，想了想說：「你說地主請你們去？」

「是啊。」田叔連連點頭，說：「那塊地本來是兩兄弟的地，大哥自作主張把地賣給王董，弟弟不承認，大概就是這樣子啦。」

「嗯，跟我聽說的不太一樣。」王智漢吸吸鼻子說：「我聽說王董和許先生搶這塊地，最後王董弄到手，許先生不高興，他自己得不到手，也不想讓王董好過。不過，聽說王董也不是省油的燈，也找了土方仔來圍事。」王智漢這麼說時，轉頭看了看大壩。

此時大壩一方全退到了遠處，他們見到小滅的狼狽模樣，都笑嘻嘻地看熱鬧，將球棒全收進袋子裡，有些還取出棒球帽戴上；他們平均年紀比小滅那些人大了幾歲，行事作風也沉穩了些。

「王仔啊，話不可以亂講喔，這些話你對我說，我可以當作沒聽見，要是讓許先生知道有警界人士知法犯法、造謠污衊他，嘖嘖，不要說你，就連你長官的長官的長官，都會過得很辛苦喔。」田叔冷笑著說。

「你嚇我啊？」王智漢呸了一聲，轉頭指了指小滅等人，問：「這些小鬼你哪裡找來的？成年了沒有？」

「我成年！」嘉宇嘻嘻哈哈地舉手答。另外也有兩三個年紀稍大的青年跟著嘉宇舉手，此時小滅見田叔到場，便也不再喊打喊殺，但仍是一臉忿忿地瞪著王智漢。

田叔插話：「都是不愛唸書的囝仔，父母不會管教，送到我這裡學點一技之長。」

「這麼少人舉手，那就是一堆人未成年啦。」王智漢盯著桌上的酒瓶，看著田叔。

「你帶小孩子來喝酒啊？」

「我沒有啊？誰點的酒，老闆送酒上來幹嘛？」田叔連聲否認還搖搖頭。

「對啊，我明明點蘋果西打，爲什麼送酒上來？」有些機靈的少年立時接話。

「對啊，酒是老闆自己送上來的，不是我們點的，我們不知道那是酒啊！」「什麼？是酒喔？我還以爲是汽水咧。」少年們笑鬧起鬨著。

「我……我……」快炒店老闆遠遠望著這頭紛爭，只能連連搖頭，但他見到少年們凶狠望著他時，便又不敢多說些什麼了。

「廢話少說，所有人身分證都給我拿出來！」王智漢抓抓頭，拍了拍田叔的肩說：「有人舉發你拐騙未成年少年逃家蹺課，你們全部跟我回局裡一趟。」

「誰理你啊！」「你說回去就回去喔？」「身分證被偷走了啦，找不到啦！」少年們又鼓譟叫囂起來。

「別吵、別吵！聽警察大人的話，沒事的啦，我們正正當當，又沒做什麼見不得人的事。」田叔笑嘻嘻地拉了張凳子，讓王智漢坐下，說：「王仔，你怎麼說我都照辦，你叫車來，我們乖乖聽話。」

田叔又對少年們說：「大家把地上收拾一下，不要給老闆添麻煩喔。」他一面說，一面掏腰包結帳買單，還主動拿起掃把，清掃起地上的碗盤酒水。他大方地將這些破碗破杯子的錢都付給了老闆。

「王仔……」另一名刑警講完了電話，面有難色地來到王智漢身前，在王智漢耳邊說：「局長有急事找我們，要我們回去，車子也調不過來。」

「……」王智漢抿了抿嘴，掏出手機自個兒撥回局裡，不知講了些什麼，最後默默地收去電話，走到田叔面前，不語半晌，終於開口：「阿田啊，幾年沒見你，混得風生水起囉，有貴人相助啊？」

「哪裡、哪裡。」田叔笑咪咪地說：「王仔，只要努力，你也行的，加油啦。」

王智漢沒有再說什麼，轉身招了招手，帶著一個便衣、兩個制服警員來到大壩一行人面前。王智漢吸了口氣，冷冷望著大壩，說：「人家有大人物撐腰，你們那個好像沒那麼大耶，你是要現在馬上給我滾回家睡覺，還是跟我回局裡睡覺？」

「我們走。」大壩見王智漢鐵青著臉，知道他要將一肚子氣出在自己這邊身上，土方大哥還在病房裡昏迷不醒，他可做不了主，只好揮了揮手領著人離去。

「哈哈——」「遜啦！」「田叔就是田叔，比那個土方仔屌太多了啦！」「土方變成木乃伊了！」田叔這頭的少年們見王智漢和大壩等人默然離去，個個得意得不得了。

「來，回去洗個澡，再去續攤，乾爹帶你們去唱歌！」田叔揚著手說，少年們紛紛歡呼起來。

第三章　離魂

「田叔，那個臭條子又來了。」

一個少年拿著掃把踏入廟裡，對著正在供桌前焚香祭拜的田叔這麼說。

田叔默默不語，將一束香插上燻得褐黑的香爐，來到門邊，和蹲在門欄邊的阿秦叔打了聲招呼，一同望著空地外街上那輛私人汽車，那是王智漢的座車。三天前工地鬧場那晚過後，王智漢每天總會挪出點時間開車到奉靈宮外逛逛，有時會在車外吃個肉粽、抽根菸，待個十來分鐘，有時會在車中看書、甚至閉起眼睛睡覺，一待就是一、兩個小時，一副示威的模樣，讓田叔總是耿耿於懷。

「你跟他以前有過節喔。」阿秦叔仰起頭看了看田叔。

「跟他有過節的人多著咧。」田叔哼了一聲，說：「這臭條子吃軟不吃硬，前幾天讓他碰了釘子，現在每天在外面看風景，故意要跟我作對，幹！」

「你怎麼不叫許先生整整他。」阿秦叔問。

「幹……」田叔哼了哼，說：「許先生又不是我小弟，說叫就叫喔……我幫許先生做事，這筆人情要留到最需要的時候才用，花在這臭條子身上太浪費了吧，這傢伙我根本不放在眼裡，你看我弄死他。」

「又要開爐喔？」阿秦叔隨口問。

「囉嗦啦，你等著看就好了。」田叔瞪著遠方街上的王智漢，冷冷地說。

王智漢正吃著肉包，他隔著一條街和空地，和佇在廟門旁的田叔遠遠對望了一陣，覺得無趣，便伸了個懶腰，轉身上車，駕車離去。

和兩年前相比，王智漢還是那副倔脾氣，和一個不上不下的小隊長身分。雖然在大批警力趕來時，他將賴琨拖出了鐵皮屋外、揭發鐵皮屋外阿武和香婧的埋屍處，也替自己清洗了污名，但擒獲賴琨這筆大功勞，他卻沒分得多少；一來他人緣差，許多長官對他印象不佳，二來當時依照那廟公的報案內容，王智漢私闖廟宇和賴琨私下談判，被賴琨綁架，反而累及警方動用大批警力趕往救援，至於後續偵破賴琨主謀殺人的案件，頂多將功抵過罷了。

王智漢倒也不以爲意，兩年來，繼續著同樣的生活、偵辦大大小小的案件，年紀增長兩歲，小腹上的脂肪更厚了些，但抓起壞蛋反倒更加來勁。他可沒忘記今年清明時節在靈骨塔替阿武的骨灰罈上了炷清香，半夜便夢見阿武趾高氣昂地找他敘舊，得意地吹噓自己一年裡逮了七百多個遊魂惡鬼，還自稱是條子中的條子、條子界裡的楷模，是超級條子，還教王智漢有空多上幾炷香，阿武便願意傳授王智漢兩手逮人功夫。

這可讓睡醒之後的王智漢耿耿於懷，他可有超過二十年打擊犯罪的經驗，豈能讓地底下那不過當了兩年牛頭的傢伙瞧扁了，明年清明，他可要好好炫耀一下自己這一年的戰果，也想知道兩個月前槍戰擊斃的那個揹了七條人命的殘暴惡匪在地獄裡的下場。

□

「啊？又要開爐？」老灰仔愕然望著廳堂中小滅和嘉宇等人赤裸著上半身，開始在臉上畫起不同於官將首的面譜，那是一種獨特的臉譜圖紋，只用黑白二色。

「不是前幾天才開過爐……不行啦！阿田。」老灰仔連連搖頭，向坐在桌旁一面吃西瓜、一面看報的田叔說：「阿田啊，不能讓他們常開爐，身體會受不了……」

田叔瞥了老灰仔一眼，吐出幾粒西瓜子，轉頭對小滅等人說：「你們哪一個覺得身體不舒服，這次就不要開，老灰仔擔心你們身體撐不住。」

「你老灰仔才受不了，我們年輕力壯，沒事啦！」嘉宇哈哈大笑。

「不行啦……」老灰仔搖頭嘆氣，嚷嚷地說：「開爐一次，要休息七七四十九天啦……」

年們不耐地說。

「啊，囉嗦啦——」「老灰仔快去睡覺啦，很晚了耶！」嘉宇等幾個上了妝的青少

「唉……唉……」老灰仔搖搖頭，轉身嘆氣離去。

「喂，今天你們也來學開爐。」田叔看了看柏豪、阿彥等較爲資淺的少年。「嘉宇，你們替他們打臉。」

十來分鐘後，柏豪的臉也成了黑白二色的怪異臉孔，十來個少年魚貫順著小木梯向上，來到了二樓那間特別隔出來的大房間。那房間正中有一張和室小木桌，木桌上擺了一只黑色小巧的檀香爐，和一個茶葉罐子、一疊方形淡黃色的紙。

「小滅點爐，嘉宇教他們捲菸。」田叔點了根菸，來到窗邊，撥開窗簾望向窗外，見到王智漢的車已不在。

小滅從一旁小櫃的小圓罐子裡，取出一塊黑色像是木炭的東西，用打火機燃燒半晌，將那怪東西一端燒得發出亮紅，這才放入桌上那只小檀香爐中，再蓋上爐蓋。

「看好喔。」嘉宇將幾個資淺的少年招到桌邊圍成一圈，他從桌上那疊褐黃色方紙捏起一張，平放在自己面前，又打開茶葉罐子捏出幾片枯葉，一片接著一片地在那方紙其中一側擺成長條狀，再從擺放乾葉子那端側邊捲起，將方紙捲成一條細管，捏在手上

就像根菸。

這不是困難的動作，柏豪等人很快地照著做了，都捲好了一根菸。

田叔嘴裡也叼著菸——一般的市售香菸，他從小櫃中拿出一把紅線，那些紅線每條大約三公尺長。在田叔的吩咐下，每個少年都將紅線一端綁在自己的小指上，再將紅線另一端遞給田叔，接著，一個接一個地傳遞打火機，將菸點了，呼呼抽起；其中有兩個較爲資淺的少年不會抽菸，嗆得連連咳嗽，也有幾個雖會抽菸，但從沒抽過這種古怪的菸，讓那奇異的氣味熏得頭昏腦脹。

「大家認眞點啊！」也捏著捲菸大口吸的小滅，不時厲聲喝叱幾個第一次開爐而顯得有些恍惚的少年。

嘶——田叔吐出一團煙霧，將手中抽盡的香菸按熄。來到小桌前，低聲吟唸起一種怪異的咒語，抖了抖手中十來條繫著每個少年小指的紅線。

柏豪只覺得刹時天旋地轉了起來，四周的景象跳動著。他每吸一口手中的捲菸，就覺得像是吸進全世界，當他將煙呼出時，又有種整個身體掏空的感覺。

「開爐啦——」田叔嚷嚷說著，伸手揭開了桌上小檀香爐的蓋子，一股氣味濃烈的煙霧自那香爐瀰漫四散，田叔急促地說：「大家深呼吸、深呼吸。」

所有的少年都半閉著眼睛，聽從田叔的指示深深吸氣、不停吸氣，像是要吸進山、吸進海、吸進天空和大地。他們全身都失去了控制，四肢的感受離自己越來越遠，這一口氣吸得特別久，一直到了再也吸不進任何東西時，才緩緩地再將氣呼出——

「呃？」柏豪睜開眼睛，覺得身子輕飄飄的，他覺得自己突然長高了——未免長得太高了，他的腦袋幾乎要頂到天花板了，跟著他發現所有人都長高了，所有人的腦袋都幾乎頂著天花板。阿彥等幾個少年和柏豪一樣，呆然訝異得不知所措，低下頭，看著底下還有一個自己，底下的自己仍坐在小桌前那圈圈中，低著頭像是死了一樣，這才驚覺自己那一口長長的呼氣，竟將靈魂都呼了出來。

「哇——」有些資淺的少年雖然見過一、兩次小滅等人開爐的狀況，卻沒料到是這般情形，慌了手腳在空中掙扎。

「吵啥小啦！」小滅一聲大喝，將那些驚慌的少年喝定，大家即便在靈魂離體的狀態下，對頭頭小滅仍然相當敬畏。

「讚讚讚！」田叔大力拍掌，像是對全部的少年一次進入狀況感到相當滿意。他望著飄在天花板上的少年們說：「大的帶小的，不要走丟了。」

跟著田叔摸了摸口袋，取出一張紙，用打火機點燃，放入檀香爐中，望著小滅說：

「你沒忘記王仔的樣子吧。」

「幹！他化成灰我都記得！」小滅一個翻身躍到小桌前，伸手探入檀香爐一抓，抓出一張焦黑的紙，抖了抖，黑灰盡落，變成了一張舊黃色的紙，上頭寫著一處地址，反面則是幅簡易地圖。

「所有人跟我來！」小滅一聲呼嘯，翻身一躍穿出了窗外。

「快跟上！」嘉宇則是呀地一聲隱沒在牆面，幾個有經驗的人一個接一個地穿牆外出。柏豪等初次開爐的少年們驚訝之餘，也試著撞牆躍窗，果然成功地穿牆而出。

「哇！」柏豪閉著眼睛用肩膀撞牆，只覺得身體一陣酥麻，眼睛再睜開時，人已經到了奉靈宮二樓外的空中向下墜落。他驚喊著墜地，像是摔進浮油當中，沒什麼痛感，身子跟著又彈了起來，一上一下，難以控制。

另一邊，阿彥像顆皮球般落地，同樣也彈了幾下，想跟上小滅等人，卻又無法隨心控制身體行動。幾個資淺少年手舞足蹈地掙扎，像是受困在水中一般。

「喂喂！」田叔在窗邊向外望望，跟著轉頭向少年們的身體喊：「我不是說老鳥要帶菜鳥，要合作！」

「快跟上啦，笨蛋！」小滅等資深少年動作矯捷，像是科幻電影中的超能力者一樣，一躍就有數公尺高。他們本已奔出了空地，但聽見田叔聲音，只得又奔回來，揪著那些資淺少年們的頭髮或領子，拉著他們奔跑。

那些第一次開爐的少年們讓小滅等人提著，奔跑跳躍前進，一個個躍過空地外那條街，穿進對街一棟樓房，下一瞬間便穿出了那棟樓房。

「好像作夢喔！」「好好玩喔。」第一次開爐的少年們興奮地東張西望，他們當中有些早已聽嘉宇等人訴說過開爐的情形，但親身體驗又是另一番滋味。

「幹，你們自己也要學著跑！」小滅吆喝一聲，將手上提著的柏豪和阿彥朝空中一拋。

「哇！」柏豪在空中打了個滾，落地時雙腳亂踏，他本以為會摔個狗吃屎，眼前景物翻滾花亂，但下一秒他發現自己仍在前進，他的雙腳沒有明顯的踏地感，但每一步都讓他飛快前進。另一邊的阿彥則是滾得東倒西歪，卻也仍在往前彈動。

「我幹，哈哈！」嘉宇自後頭跟上，見到還不善控制方向的阿彥左右蛇形，便一個箭步衝上，轟地一腳踢去，像是踢足球一般地將阿彥踢上了三層樓高的空中。

「哇呀——」阿彥在空中翻了好幾個筋斗，然後直直衝墜下地，反而奔到了最前頭，他笑著大喊：「我跑第一啦！」

「右邊啦，幹！」小滅追上，一把抓著阿彥的頭髮，將他往右邊一棟大樓擲去。

「往上爬。」小滅下令，雙腳一蹬便是三、四公尺，他的雙手抓陷進牆裡，雙腳也踩進牆中，壁虎似地往上爬。

「咦？我爬不上去……」阿彥有樣學樣地亂扒，卻不得要領，有時一巴掌拍在牆上按不進去，有時卻又像是拍入水中一般無法施力，爬上幾公尺又唰地落下。柏豪倒是在落下數次之後掌握了訣竅，可以隨心所欲地控制手腳陷入牆面幾分，可以讓腳踩著那些突出的壁面施力向上，也可以讓手陷入牆面後又改變成能夠施力的觸感。

「嘿，你學得很快！」嘉宇趕上了柏豪，踩著他的腦袋向上一蹦，唰地向上躍了兩層樓，哈哈大笑著。

這棟大樓有二十幾層樓高，等到所有人全都爬上之後，他們全集中在頂樓一側，向遠處某條街望去。

「應該是在那個方向吧。」大夥兒討論著紙條上的地址和地圖，確認了方位之後，在小滅和嘉宇的指揮下，所有少年站上了牆沿。幾個初次開爐的少年們雖然體驗了飛奔彈跳，知道自己現在是生魂離體，摔不死也撞不爛，但站在這麼高的地方向底下眺望，仍然不免害怕。

「菜鳥給我聽好，開爐的時間有限，爲了節省時間，就要用最快的辦法，就是飛——」嘉宇笑著尖喊：「一個拉一個，快！」

所有人手拉著手，在高樓牆沿牽成一列。樓頂上的風極大，柏豪感到大風穿過了他的身子，在他耳邊呼呼作響。他看著這片城市的夜景，底下的街道交織成光網，在一週前的這個時候，他還窩在那陰沉的家中聽著老爸酒後訓罵，但這時，他站在城市的高處準備飛翔。

他感到自己像是重生了，找到活著的意義了……嗎？他有些遲疑，又突然想起三天前鬧工地時老爸的憔悴模樣，老爸爲什麼那樣失魂落魄？他在擔心自己嗎？他報警了嗎？他有四處尋找自己嗎？還是只是喝酒，然後喝到睡著？

「一！」

老爸以前好像並非如此，是的，在很久很久以前，他似乎不是這副樣子，那時他沒有一嘴鬍碴，那時他身子精壯許多，那時他身子沒現在這麼臭，那時他時常哈哈大笑，不像現在一開口就是罵人。

「二！」

那似乎是很久很久以前的事了，是自己五歲、六歲時候的事了，是老媽還活著時的事了，是老爸的工廠還沒被大火吞沒時的事了。

「三——」

隨著嘉宇數到三，十幾個少年弓彎了的腿瞬間蹬直，腳尖遠離大樓牆沿，他們蹦得又高又遠，跟著斜斜向下。

「呀——」少年們在夜空中發出如同飛鷹一般的呼嘯聲，十幾個少年手牽著手，像是巨大的滑翔翼，快速地朝著目標那方飛去。

「飛啊——」「好爽啊！」少年們的歡呼嘯叫聲此起彼落，狂風飆過他們的耳際，甚至穿過了他們的身子，滑翔速度越來越快，很快地，歡呼聲也變成了驚恐慌亂的叫聲和怪笑聲。

他們無聲無息地砸入一條巷弄當中，有些嵌進牆中，有些埋入地裡，有些砸進四周的公寓，有些像是皮球一樣地不停彈撞。

「集合！集合！」小滅、嘉宇等幾個經驗豐富的傢伙很快地恢復鎮定，吆喝著尋找砸得暈頭撞向的菜鳥伙伴們。

「哇……」柏豪東倒西歪地奔向嵌在變電箱裡的阿彥，抓著腳將他拖了出來，循著小滅的呼喊聲趕去。

大夥兒逐漸集合，有幾個少年腳步虛浮，身子搖搖晃晃，突然跪倒下地，再也無法控制四肢。

「幹，沒用！」小滅望著那兩、三個少年，啐了一口，嘉宇則高聲說：「免驚啦，你們比較虛，回家睡覺吧。」嘉宇還沒說完，那幾個倒下的少年們，手上小指處亮了亮，微微浮現一條黯淡紅線。接著，他們的身子像是氣球般地緩緩浮上半空，然後，便倏地向後飛梭。

「田叔把他們拉回去了。」嘉宇解釋這個現象。

「我……我好像也不行了……」阿彥灰白著臉，拉了拉柏豪的袖子。柏豪扶著阿彥在一旁歇息，他倒覺得自己習慣了生魂狀態，覺得現在的動作比十來分鐘前更加俐落了。

「臭條子就住在那裡。」嘉宇拿著田叔燒的那張淡黃色紙條，指著巷弄公寓其中一戶。

「上！」小滅一聲尖嘯，蹦地一躍，雙手抓住了鐵窗欄杆，再一盪便盪進王智漢家中。其他人有樣學樣地往上跳，紛紛躍入王智漢家中。

柏豪左顧右盼，不見阿彥，知道阿彥應當也耗盡了氣力，讓田叔拉回奉靈宮了。他跟在其他人身後，穿入王智漢家的陽台玻璃門和紗門，進入了客廳。

此時還不到十一點，王智漢的十八歲大女兒王書語，生得亭亭玉立，此時正坐在客廳看著綜藝節目大笑。

「幹！那個臭條子竟然有這麼正的女兒！」一群少年們瞪大了眼睛，全圍了上去想要揩點油。柏豪嚥了口口水，不由得臉紅心跳，也想上去湊湊熱鬧，便聽見幾聲低鳴，又有三個少年軟倒下地，跟著浮起，讓田叔拉了回去。

「喂！」小滅怒喝一聲三字經，吼叫：「事情做完再玩！你們時間很多是不是！」小滅這麼一喝，又一個少年唉呀一聲，氣力耗盡，給拉了回去。

這麼一來，王智漢家中的神將團少年們便只剩下七個資深少年，和柏豪這個菜鳥，一共八人。

「看不出來你撐這麼久喔。」一個資深少年拍了拍柏豪的肩。柏豪倒不以爲意，他的目光仍然停在王書語那張俏臉上。廣告時分，她揉了揉眼睛，站起身，來到廚房外的冰箱前，打開冰箱拿取冷飲，喊著：「媽，弟喝掉我的可樂啦。」

「我哪有！是爸喝的啦！」王智漢的小兒子在房間出聲抗議。

「幹！臭條子在拉大便。」一個少年衝出廁所，氣呼呼地說。

「等他出來……」小滅招了招手，領著眾人進了王智漢臥房，四處探找。嘉宇拿起床旁小櫃上的皮夾，打開瞧了瞧，指著皮夾裡的識別證和警徽說：「把這個拿走，他會哭死。」眾人一陣大笑，其中一個便要動手，他閉上眼睛，低聲喃唸：「田叔，我們到條子家裡了，我們把他的警徽藏起來，讓他找不到。」

「不用了，沒時間了，幹掉他。」田叔的聲音聽來冷峻如冰，遠遠地傳進每個人的腦袋裡。

大夥兒默然幾秒，紛紛點頭說：「知道了……」

其中一個少年有些遲疑，問：「他現在在廁所，沒在開車，怎麼……下手？」

「要不然……」嘉宇想了想，說：「掐他脖子，把他掐死？」

「……」大夥兒聽了嘉宇的提議，面有難色。雖說他們前些天搞土方就是這麼搞法，他們抓住土方駕車的手，亂轉他的方向盤，讓他撞車、重傷住院，但那和親手活活掐死一個人，感受可又大不相同。

「幹，你們沒種，我來。」小滅自尊心極強，快炒店中讓王智漢那般羞辱，早恨不得將他一刀劈死，此時握了握拳，便要動手。他大步走出臥房，來到廁所門前，探頭入門看了看，又將頭縮回，罵著：「幹，還在拉屎。」

他們又等了兩分鐘，漸漸不耐，有兩個少年說：「小滅哥，我有點虛了。」小滅顯得有些急躁，田叔催促的聲音也不停傳入每個人的耳裡：「今天一定要把事情辦成，我把你們全派出去，這次失敗要休息好幾天，沒人可用，要是他來找碴就麻煩了。」

「動手。」小滅終於按捺不住，穿入廁所，嘉宇等人也只得跟進。王智漢嘴裡叼著菸，褲子褪至腳踝，津津有味地翻著小說。

小滅遲疑半晌，伸出手輕輕掐住王智漢的頸子，似乎心中有些掙扎。他回頭生氣罵著：「一起來，八雙手一起掐他，一瞬間要他老命。」

「啊……」少年們愣了愣，當然沒人敢用小滅方才自己說「你們沒種，我來」這番話來質疑他，大夥兒紛紛伸出手，搭上王智漢的頸子。他們每個人對生魂能力的掌握有所不同，有兩個少年技巧尚不熟練，略一用力便穿過王智漢的頸子。即便如此，被十六隻手同時掐著，總也讓王智漢感到有些窒悶，他揉了揉頸子，覺得呼吸有些困難，便捏著領口搧了搧，呼吸仍然不順，索性熄了菸，取衛生紙要擦屁股了。

「哇！」幾個身子嵌在牆中，站在王智漢身後的少年，見到王智漢翹起屁股，暗罵著趕緊讓開。王智漢擦了屁股，穿上褲子，洗完手，開門步出廁所。小滅等人仍輕掐著他的脖子，跟在四周。

「一起動手，一個也別想偷溜！」小滅急急地朝著三個鬆開手的少年斥罵。三個少年便立時跟著掐上王智漢的脖子。

「咳咳——」王智漢感到有些不適，他進入臥室坐上床沿，揉著頸子。

「這樣好了，我數到三，一起用力……」嘉宇這麼說，看了看大夥，見眾人沒有意見，便數：「一……」

「二……」嘉宇數到二時，一個少年突然鬆開了手，向後坐倒，抖了抖，身子漸漸浮起。

「幹，你完蛋了！」小滅憤怒地踢了那少年一腳，將他踢出了房外。

但接著又兩個少年倒下，一個浮起，另一個癱在地上抖了半晌還在抖。小滅冷冷地望著他，說：「你再裝嘛……」

「沒有……我沒裝……」那少年連連搖頭，見小滅要起腳踢他，忍不住說：「我眞的不行了，你們還有力氣……怎麼不動手？」

「幹！」小滅聽那少年這麼說，勃然大怒，喝地一聲，猛而施力。

王智漢瞪大了雙眼，愕然抓著自己頸子，他不明白爲何脖子會突然緊縮窒悶，透不過氣，他掙扎著向後仰倒。

「幹！你們都沒出力！」小滅憤然朝著嘉宇吼。

「我有！」嘉宇尖叫，突然身子一鬆，呼地軟倒，抖了抖，給田叔拉了回去。

「一堆飯桶，我自己來！」小滅跨坐上王智漢的身子，使足了全力。王智漢只覺得脖子瞬間緊縮，他翻了翻白眼，發出低沉的嘶吼，微微抬頭，瞪著小滅。

這讓小滅陡然生起一種莫名的驚恐感，啊地鬆開了手，向後一退——他即便再兇，終究只是個十四歲的孩子。

小滅喘著氣，瞪大眼睛，勉力站起，感到身子有些虛弱，搖搖晃晃地瞪著王智漢，見他東張西望，知道只是恰巧眼神對上，並非讓他看見了。

「你們快上啊！上啊！」小滅焦躁地下令，但柏豪和另外兩個少年誰也不敢上去掐人，要這樣殺死一個人，比拿刀子捅、拿槍射殺，都煎熬許多。

對柏豪而言，加入奉靈宮只是覓得一個棲身之所，他可沒從來沒想到要殺人，此時他退了兩步，連連搖頭，說：「不……不……」

「幹！飯桶！」小滅尖叫著又撲了上去，再次伸手掐住王智漢頸子，但小滅這時的氣力已經削弱許多，力道比剛才小了不少，僅能讓王智漢覺得呼吸困難，卻無法將他扼死。

「幫忙！幫忙！幫忙——」小滅憤怒吼著，另兩個少年在驚恐之中紛紛軟倒，緩緩浮起，讓田叔拉了回去。

「柏豪！幫忙——」小滅朝著柏豪怒吼。柏豪抱著膝，縮在角落，連連搖頭。「不要，我不要……」

「幹！柏豪，你完了，我會宰了你！」小滅像是厲鬼，淒厲吼著，接著他也逐漸虛弱，身子一軟，癱倒在床上，雙眼還恨恨地瞪著柏豪。

柏豪索性將頭埋在臂彎裡，身子不停哆嗦著。他覺得此時的小滅比他老爸更兇、更討厭、更不講理，他不明白小滅爲什麼總是要這麼霸道地對待兄弟們，他開始討厭小滅了。

「怎麼回事？」王智漢喘著氣起身，摸著脖子，走到鏡子前，見到自己頸子上紅斑累累，只當是掙扎中自己抓的。他漸漸平息氣息，走出房，倒了杯水喝。

「你怎麼啦？臉色這麼難看……」王智漢的妻子許淑美抱著自後陽台收進的晾曬衣物，見到王智漢倚在開飲機旁，便問道。

「不知道……剛剛有點不舒服，好像是氣喘。」

「你有氣喘？」許淑美狐疑地望著王智漢。

喘。

「我不知道。」王智漢聳聳肩，他當然沒有氣喘，否則他就知道這怪異感覺不是氣

「工作太累了？你得放鬆一下。」許淑美捧著衣物撞了王智漢一下，將衣物抱入房中分類。

王智漢喝了水後氣色恢復，伸了個懶腰，走至沙發坐下，和女兒有一搭沒一搭地閒聊。柏豪跟出了房，偷偷地望著王智漢。

跟著，王智漢的小兒子在房中呼喊，王智漢便起身去小兒子的房中，許淑美也跟入，三人討論著那個小兒子心儀女孩的部落格，看著她更新的照片。

「不好，看起來太文靜了，要兇一點，才可以管得住你。」王智漢說。

「誰說的，她有時很兇！」小兒子哼哼地說。

「她成績怎麼樣啊。」許淑美問。

「她成績超棒的！」小兒子答。

「喂，小子，你別一副已經追到人家的態度好嗎？」王智漢哼哼地說。

「她逃不出我的手掌心的。」小兒子自信地說。

「被拒絕了就別哭。」王智漢拍了小兒子腦袋瓜一下。

「你好意思說兒子，你以前讀書時追我，被我拒絕七次，七次都哭得淅哩嘩啦……」許淑美瞅著王智漢笑。

「放屁！哪有這回事！」王智漢扳起臉來嚴肅地說：「妳不要栽贓我！」

許淑美哪裡理他，呵呵地笑說：「你不承認啊？你明明……」

喀嚓——電腦突然重開機。

「啊！」小兒子驚愕一愣，氣呼呼地說：「當機了啦！」

跟著，電燈閃了兩閃，喀地一聲關掉，惹得許淑美和小兒子低呼一聲。王智漢來到門邊，重新按了按電燈開關，電燈這才復明。「大概是跳電吧。」

柏豪將身子貼在房間牆壁上，冷冷地望著房內三人交談，電腦重開機是他弄的，電燈突然關上也是他弄的。

因爲嫉妒。

「柏豪——柏豪——」田叔的聲音遠遠地傳來，嚇了柏豪一跳。他左顧右盼，突然覺得小指微微發疼，抬起一看，出現一圈紅紋，田叔施法召喚著他。「柏豪，你聽得見我說話嗎？」

「聽見了、我聽見了！」柏豪趕忙回應。

「你還有力氣喔？」田叔問。

「我……我不知道，大家都不見了，只留我一個人在條子家裡。」柏豪回答。

「你一個人有辦法掛了他嗎？」田叔問。

「不……不行……我不行……」柏豪連連搖頭，又想起小滅方才那凶惡模樣，便想做些什麼來補救。「我……我去偷他皮夾好了。」柏豪邊說，來到了主臥房。王智漢不在房中，他走到小櫃前，試著拾起皮夾，第一次他失敗了，他的手穿過了皮夾，第二次也是如此。

到了第十幾次時，他已能夠將皮夾抓起十來公分，但仍落了下去，磅地一聲摔在地上。

柏豪蹲下身準備撿皮夾，卻瞥見王智漢閃到了臥室門口，滿臉狐疑地往裡頭瞧。柏豪連忙停下動作，生怕讓王智漢發現他的存在。

「柏豪、柏豪。」田叔的聲音又傳了過來。「拿到手沒有？」

「我……我拿不起來。」

「那沒關係，你人回來就好，爐快燒完了，燒完我就沒辦法跟你說話了。」田叔這麼說，還補上一句：「你資質很好，氣比小滅還長，說不定是個天才。」

「天才？」柏豪呆了呆，在他的生長、求學過程當中，從來不知道自己可以和「天才」這兩個字沾上邊，他不由得有些竊喜。但一回頭，見到王智漢仍在他身後，扠著手像是在盯視著什麼，柏豪有些心虛，他覺得王智漢似乎察覺得出他的存在，但仔細想想也該如此，畢竟小滅才狠狠地掐了他的頸子，會起疑心也是理所當然。

柏豪這麼想著，身子一鬆，竟穿過了牆，來到了公寓的隔壁住家。凌亂的客廳沙發窩著一個打著赤膊的男人，男人醉醺醺地喝著冰凍啤酒，看著電視中的政論節目，義憤填膺地唾罵著。

這男人家裡的氣氛和隔壁王智漢家中那怡然和樂的景象天差地遠，這兒的氣息比較接近柏豪的家，這讓柏豪生起一股莫名的氣憤，他哼地關掉了電燈，又將電視機也關了。

「哇！」那男人驚叫一聲，也以為跳電，起身走到牆邊，將燈打開，將電視機也打開。但就在他返回座位之時，燈又關上了，電視機又關上了。

「怎麼回事啊！」那男人彈了起來，哇哇叫著。柏豪氣呼呼地一腳踹翻了桌上的啤酒瓶，嚇得男人軟倒在地，咿咿啊啊地向空氣求饒。

柏豪見那男人哭哭啼啼地呢喃說話，那莫名的火氣便消失無蹤，取而代之的是莫名的空虛，他不知道自己這樣做有何意義，自己的人生又有何意義。他猛地向前奔去，轟隆又穿過了一道牆。他穿過一面一面牆，見到一個一個家，有些家裡和樂融融，有些家裡吵著架，有些家裡冷冷清清。他一連跑過好幾個家，呼地一跳，身子飛梭，穿過了一戶人家的陽台，飛越過整條巷子，攀上另一戶人家的陽台，這讓他十分訝異，他覺得比起數十分鐘前，自己的動作又更加地俐落了。

他又晃進了幾戶人家中，其中一戶人家顯然十分有錢，且主人已經入眠，這讓柏豪有些心動。他來到一個年紀和他相若的男孩房中，見到那男孩書桌上擺著最新的掌上型遊樂器，和名貴的手機、數位相機，這戶人家的家境和班上那有錢的討厭傢伙相去不遠，這讓柏豪嫉妒得不得了。他伸手去拿那掌上遊樂器，抓了半晌，便是抓不穩，一氣之下便將那遊樂器一甩，磅地摔在地上，也驚醒了那正進入夢鄉的男孩。

「有錢了不起喔。」柏豪哼哼地望著那睡眼惺忪的男孩，見他長相清秀，更是無名火起。他想起自己在學校裡有個心儀的女同學，但那女同學有個小男友，便也和這男孩一樣唇紅齒白、俊秀漂亮。

「有相機了不起喔！」柏豪氣呼呼地伸手去撥那相機，想將相機也撥到地上。

磅磅——

他試了好幾次，終於將相機撥落書桌，磅地砸在地上。那男孩揉著眼睛摸找書櫃旁的眼鏡，這倒讓柏豪有點開心，原來這男孩是個大近視，那便更要好好整他一番，他將男孩的眼鏡也撥到了地上。「戴高級眼鏡了不起喔。」

磅磅——

男孩抓著頭，還以爲是自己伸手摸找眼鏡時，不小心將眼鏡推落了地。他自床上彎下腰，要去摸找地上的眼鏡，卻什麼也摸不著，原來他的眼鏡讓柏豪踢進了床底下。

「買很貴的手機了不起喔！」柏豪將那男孩的手機也撥到了地上。跟著他扠著腰，在男孩的大房間中踱步，看見什麼名貴、値錢的東西，便動手亂弄，甚至還踢了踢床，讓那沒戴眼鏡又睡得迷糊的男孩還以爲發生了地震。「有模型了不起喔、穿名牌衣服了不起喔、有筆記型電腦了不起喔、家裡大了不起喔！」

「靠夭喔——做鬼了不起喔！」

柏豪呆了呆，他沒說這句話，是誰學他的口吻插嘴？他轉身再轉身，什麼也沒有，但他再一個轉身，卻見到一個牛頭人身的怪傢伙站得離他極近。這怪傢伙穿著西裝，西裝鈕子沒扣，露出裡頭的白襯衫，但白襯衫鈕子也沒扣，露出裡頭精瘦的胸肌和腹肌，西裝褲有些髒綯，雙腳穿著卻不是皮鞋，而是一雙藍白拖鞋——牛頭張曉武。

「你……你是誰！」柏豪驚駭地向後退了一大步，尖聲問著。

「你猜。」阿武伸了個懶腰，看看房內模樣，看看地上散落的相機、手機，唾罵：「幹！就是有你這種白目小鬼，老子才會一天到晚忙個不停！」

「你是誰？你怎麼看得見我？你在幹嘛？」柏豪撐著身子後退。

「就叫你猜啊！」阿武搔了搔自己的牛頭，向柏豪逼近兩步。即便穿著拖鞋，但因爲戴著牛頭面具的關係，腳下還是發出了磅磅的威嚇聲。

「呀——」柏豪一聲尖叫，轉身就跑。

「幹！我只叫你猜，沒叫你跑，你給恁爸站住！」阿武當了兩年牛頭，逮過不少油滑難纏的頑劣惡鬼，立時狂奔追去。

柏豪穿牆躍出這戶人家，阿武追出，卻見到柏豪已經遁入對街的樓宇，不由得有些驚訝。「死囝仔跳這麼遠！」他也縱身一蹦，躍了過去，加快速度飛奔。

柏豪使盡全力跳躍奔跑，他跳到巷道之中左衝右突。阿武一面罵著髒話，緊緊追在柏豪背後，他喊著：「死囝仔別跑！」

「你到底是誰？」柏豪驚恐叫著，不時回頭，他又一躍躍出樓房，直奔大道，朝著遠處一棟看起來最高的大樓奔去。

「你猜！」阿武叫著，他加快腳步追逐，但便是無法拉近雙方的距離。他叫罵著：「小鬼，你死幾年？怎麼跑這麼快？你跑得比小歸還快！」

「你才死咧！」柏豪回頭呸了一口，雖然開爐到現在也才沒過多久，但接二連三地有人稱讚他、佩服他，讓他對自己生魂狀態時的身手產生一種扭曲的自信感。他喝地一躍，足足跳了五公尺那麼高，躍到右邊一棟建築牆面，斜斜地奔跑，跟著又一蹦，蹦進了左邊大樓更高牆面當中。

「哇！」阿武大為訝然，也縱身一跳。他的雙腳在空中虛踏著，像是踩著風，也衝進那棟樓中，左顧右盼，柏豪已不知去向。阿武唾罵幾聲，從口袋取出了一台ＰＤＡ，按了按，看了看，嘿嘿兩聲，又縱身朝著某個方向直直衝去。他越衝越快，穿過一戶戶人家，終於見到柏豪的背影，他奮力一撲，攔腰擒抱住柏豪，將他撲倒墜地，一連墜穿了好幾樓，摔進地下停車場。

阿武將柏豪壓在地上，揪著他的頭髮，磅磅地搥了他肚子兩拳，卻覺得那觸感有些怪異，不像是慣見的遊魂，像是少了什麼似地。阿武喝問：「小鬼，你怎麼死的？」

「我……」柏豪嚇得呆了，連說了好幾個「我」之後，這才解釋：「我又沒死！你是誰啦！」

「你猜啊。」阿武嘖嘖地從褲袋掏出一對紅色手骨──骨銬。他以骨銬銬住了柏豪雙手，在他腦袋上拍了一下，罵：「小鬼，再跑看看啊。」

柏豪只覺得這牛頭怪傢伙手勁十分大，即使自己是生魂狀態也讓他打得十分疼，便也不敢再多說什麼，暗暗呢喃著：「田叔……田叔……」卻得不到田叔的回應，可是又慌又怕，心想或許如田叔所說的，小檀香爐裡的炭已燒完，失去了與田叔的聯繫。

「啊，收工、收工──」阿武伸了個懶腰，發了一會兒呆。他提起柏豪，直直向上飛升，穿過地板、天花板，穿過了一層又一層人家，穿上了頂樓，勾勾地望著天上流動的雲和月亮。

月亮依然那樣清冷，和兩年前那晚一模一樣。

「咦！」阿武瞥了柏豪一眼，見他不停甩著手，試圖掙脫骨銬，且當眞讓他掙脫出了一隻手。

「小鬼，你好大膽，想耍花招也得趁我不注意的時候啊，在我面前這樣搞，不把我放在眼裡啊！鑰匙呢？你把鑰匙藏哪兒？」阿武一面說，一面搜著柏豪的身，還扳開他嘴巴檢查，卻沒發現骨銬的鑰匙。阿武哼了哼，將柏豪雙手拗至背後反銬，說：「這是你自找的。」

阿武本來還想再賞他幾腳，胸前口袋裡的ＰＤＡ手機卻在這時發出一陣鈴聲，這是特別設定的緊急鈴聲，他趕緊接聽：「俊毅喔，什麼？緊急事件？又是瘋狗集團？幹，我馬上回去！」

他掛上電話，轉身要將柏豪抓起，卻不見柏豪，只餘下那只紅色骨銬。他訝異之餘，也無意繼續追拿柏豪，瘋狗集團的事情大條多了，他只得撿起骨銬，呼地向上一蹦，穿出樓房，蹦上街道，邁步飛奔。

五分鐘後，他奔到了大道上一個人孔蓋前頭，那人孔蓋上方隱隱飄盪著一個符印，這條大道上數十個人孔蓋，便只這個有這麼個玩意兒，這是通往陰間的門。

阿武站上那人孔蓋，跺了跺腳，身子便穿入那人孔蓋，直直向下墜落。

半晌之後，阿武下墜的勢子不知不覺地變成了向上飛衝，倏地，他穿出了人孔蓋，相似的街道，相似的樓宇，相似的深夜，卻是大不相同的世界，這是屬於他的世界——陰間。

□

城隍府中寂靜一片，幾張辦公桌冷冷清清，只有兩個雜役在角落整理著文件。阿武推開城隍府大門，大步跨進辦公室，呆了半晌，問那雜役：「大家呢？」

「在俊毅城隍的辦公室裡開會。」雜役伸手指著通往二樓廊道的方向。

阿武倒了杯水，來到自己桌前咕嚕喝下，那是整個城隍府裡最凌亂的一張辦公桌。阿武隨手將杯子放下，快步上樓，經過一段青森長廊，他來到了俊毅的辦公室前。他伸手推開門，裡頭燈光青慘，俊毅正坐在辦公桌前，低頭不語，甚至不看走進來的阿武一眼。三個牛頭、一個馬面聚在一旁的會議茶几那兒的沙發附近，默默無語地看著另兩個癱躺在沙發上的男人，茶几上還擺著一張牛頭面具和一張馬面面具，那兩人也是牛頭馬面。

「怎麼了，瘋狗集團又幹了什麼好事？」阿武來到俊毅桌前，用手指叩了叩俊毅桌子。

俊毅抬起頭，先望了沙發上那癱躺著的兩人，漠然地說：「搶我們東西，堵我們的人。」

「啥？」阿武呆了呆，問：「那批新貨！」俊毅不答，交叉著手，神情嚴肅。阿武嘖嘖幾聲，轉頭朝那癱躺著的兩人說：「你們有沒有怎樣？」

「曉武哥……」其中一個男人掙扎坐起，點點頭，他臉上還帶著傷，一臉慘然地說：「他們埋伏我跟保弟，把貨搶走了……保弟他……他……」這男人說到這裡，有些哽咽，看了看身旁另一個男人。

「保弟傷得很嚴重嗎？」阿武連忙趕去那叫作保弟的男人身旁，只見他死氣沉沉地歪斜著頭，手按著後腰，那兒黑紅一片。

「曉武哥……對不起……」保弟勉力掙扎，想要坐直，但身子抖了抖又靠回椅背，顯得十分虛弱。

阿武恨恨地搥了桌子，轉身對俊毅說：「他們人在哪兒？打回去啊！當條子的讓幫派騎到頭上，這像話嗎？」

「曉武……哥……」保弟虛弱地說：「我有話要對你說。」

「……」阿武趕忙回頭，蹲回保弟身邊，故作輕鬆地說：「你講，不過我不聽遺言，你要撐下去，你傷在哪裡……」阿武一面問，一面想要查看那人傷勢。

「我……要說的……」保弟一頓一頓地說：「就……是……」

「祝你忌日快樂！」保弟蹦跳起來說。

阿武呆然，眾人轟笑，門打開了，小歸捧著一個蛋糕走進來，唱著：「祝你忌日快樂，祝你忌日快樂，祝你忌日快樂兒——阿武忌日快樂！」

「……」阿武摘下牛頭面具，翻了翻白眼，嘖嘖幾聲，踢了那裝慘的保弟一腳。「你們白目嗎？」

「不喜歡這首喔，那換一首。」小歸將蛋糕放在茶几上，指揮眾人再唱：「恭祝你福壽與天齊，慶賀你死辰快樂，年年都有今日，歲歲都有今朝，恭喜你，恭喜你——」

「你老師咧！」阿武大叫：「又來這套，去年不就說老子不慶祝忌日嗎，感覺很變態耶！媽的！」他見到蛋糕上插著兩支白蠟燭，表示他死去兩年，還有一張卡片，抓起來打開一看，上頭寫著：「姓名：張曉武，生前身分：偷車賊，死因：肚子破洞，腸子外露。」

「很難笑！」阿武氣得將那卡片朝小歸擲去，還抓了把奶油抹在小歸臉上。

「曉武哥，別鬧彆扭，忌日只慶祝三次，死三年之後就不慶祝了，超過三年還沒輪迴，就不值得慶祝了。」方才那裝重傷的保弟嘻皮笑臉地說：「只有三次，所以要好好慶祝，下個月是我忌日耶，你要送我什麼？」

「送你根毛！」阿武呸了一聲，轉頭扠手瞪著俊毅，說：「俊毅老大，你特地用緊急電話把我召回來，就是爲了慶祝我肚子破洞、腸子外露喔……」

「哈。」俊毅攤攤手站起，從口袋掏出一只東西，朝阿武一拋，說：「你剛剛也聽保弟說啦，忌日只慶祝三次，以後你想慶祝，也沒人幫你慶祝了。」

「呿！」阿武接了俊毅扔來的東西，看了看，是一串鑰匙，他咦了一聲，驚喜地說：「這麼快！不是說下個月才到嗎？」

「小歸說服店家加班趕工，在你忌日前把車組好。」俊毅說，指了指窗。

「哇！」阿武跑到窗邊，見底下城隍府的停車場裡，停著一輛黝黑漂亮的重型機車。三個月前，阿武那台舊車在和瘋狗集團追逐時嚴重毀損，阿武索性動用王智漢這兩年燒給他的存款，訂製一輛頂級重型機車，外觀上幾乎和陽世實物相去無幾，一點也看不出紙紮痕跡。

「嘩！」阿武拉開窗就想往下跳，讓俊毅一把揪住後領，又拉了回來。

「別急，會還沒開完，吃塊蛋糕一邊開會，想想怎麼把我們的東西搶回來。」俊毅將阿武推回茶几那兒，幾個牛頭已經將蛋糕切了分裝上盤，遞了一塊給阿武。

「眞的被搶啦？」阿武啊了一聲，望著保弟問：「別又耍我！」

「是眞的，曉武哥。」保弟將襯衫拉高，露出腰際一道傷疤，說：「今天早上的事，不過沒有全被搶走，三箱丟了兩箱，還有一箱是我跟大強死命守住的。」他這麼說，又垂下頭，露出後腦上那塊紗布。

一旁的大強從沙發後抬出一只大箱放上茶几。揭開箱子後，阿武湊近一看，裡頭有幾只新型ＰＤＡ、手銬，和一些像是狀似手榴彈的球體，另外還有幾把造型奇特的槍。

「本來一共有十組裝備，現在只剩下四組。」大強攤攤手說：「眞糟糕。」

俊毅回到桌前，操縱著桌上的電腦，一年前，俊毅這間城隍府的辦公模式也已全面電腦化，人間紀錄除了書面資料以外，也全在電腦裡建檔，和所有的城隍府網路連線。

一個牛頭將室內燈光關上，懸在天花板上的投影機立時投影到牆上那白幕，是幾個人樣的照片，便是這搶奪陰差裝備的惡鬼——瘋狗集團。

瘋狗集團是陰間無數惡鬼幫派之一，陰間的幫派成員大都是一些輪迴遙遙無期的無主孤魂，或是身負重罪而要躲避閻羅殿審判的惡鬼，他們群聚在一塊兒，欺壓無權無勢的遊魂。但像瘋狗集團這樣大刺刺地和陰差作對，甚至攻擊陰差、搶奪物資，倒是極爲罕見。

「現在還不知道他們老巢在哪兒。」俊毅說：「我要你們盡快找出瘋狗集團的藏身處，一定要趁他們將裝備脫手或是用來鬧事之前，把東西搶回來。」

「怎麼不申請特勤隊支援？」阿武問。

俊毅搖搖頭說：「特勤隊只管陽世的事，陰間的事陰間自己解決，何況要是把事情鬧大，整個陰間都會知道我們是第一個被搶走裝備的城隍府，這面子可掛不住。」

「嗯。」阿武點點頭，他知道俊毅最好面子，且別說俊毅，要是消息眞傳出去，他自己也覺得顏面無光。這幾個月瘋狗集團在俊毅的轄區裡四處作亂，瘋狗集團有一批跑得飛快的重機車隊，俊毅城隍府裡的交通工具除了俊毅本身座車之外，其餘皆追不上瘋狗集團的車隊，壓根拿他們沒辦法。

「別說特勤隊了，連閻羅殿的無常使都不鳥我們！」保弟有些氣憤地說。

在兩年前，俊毅接管司徒城隍的轄區，這過程鬧得翻天覆地，還殺了閻羅殿的黑白無常。表面上，閻羅殿在天界出面調停下，替俊毅平反了司徒城隍誣陷的罪名，但彼此終究有些嫌隙，俊毅這城隍府兩年來，幾乎處在孤立無援的狀況下，不論發生任何情況，都得不到閻羅殿的支援，瘋狗集團吃定了這一點，肆無忌憚地鬧事。

「我懷疑有人提供情報！」大強呑著蛋糕，吃了滿嘴奶油，氣呼呼地說：「不然怎麼可能那麼剛好，裝備一到手，他們就殺出來，一定是其他城隍府一些看我們不順眼的王八羔子通風報信！」

在俊毅接管城隍之後，大刀闊斧地想要革除一些司徒城隍在位時遺留下來的弊病，找了諸多理由，將當時司徒城隍的手下一一開除，又陸續收了一批新人，而那些被開除的牛頭馬面們，有些到了其他城隍府繼續擔任陰差或是雜役，對俊毅自然是記恨在心；若是有些傢伙勾結陰間幫派，透露一些陰差機密情報什麼的，自然也不希罕了。

「看我們不順眼的人多的是，別醜給他們看。」俊毅淡淡地說。

「對了，今天我碰到一個怪小鬼。」阿武想起柏豪，便將無意中撞見柏豪四處搗蛋，奔跑追逐的過程，簡單說了一遍，他說：「那臭小子竟然可以解開骨銬！」

「聽起來像是生魂。」俊毅想了想，答。

「有那麼厲害的生魂？」阿武不敢置信，他說：「以前我碰到的生魂，都是睡覺睡到一半溜出身體，迷迷糊糊地夢遊，那小鬼看起來很清醒，還會罵我，而且動作也不像生魂，跳得超高，跟個老鬼一樣。」

「這倒沒錯，正常狀況之下，沒有這種生魂。」俊毅點點頭。

「正常狀況之下？」阿武不解地問：「那不正常狀況是怎樣？」

「陽世有些偏門法術可以催出生魂，在那種情況下的生魂，行動力比一般生魂要強大許多。生魂和鬼魂本質上有差，所以骨銬鎖不住，要用其他方法。不過，陰差沒有逮捕生魂的權力，不然哪個人睡個覺不小心生魂離體，被抓到地下，那還得了？」俊毅解釋。

「那生魂作亂沒辦法治嗎？」阿武嘖嘖說。

「生魂畢竟是生魂，再厲害也有個限度，雖然我沒聽說過具體的例子，但太囂張的生魂，其他鬼魂也會看不下去吧，會給他點教訓的，況且生魂歸屬陽世的事，陽世的事輪不到我們管。」俊毅瞪了阿武一眼說：「現在當務之急是掀了瘋狗集團的老巢，把我們的東西搶回來。」

□

奉靈宮二樓開爐房裡，少年們橫七豎八倒了一地，這是因為開爐之後極端疲累，甚至直接昏睡不醒。而田叔派出了所有少年，一時間沒有人手能幫忙，只好任他們睡倒在地。

「田叔……」柏豪怯怯地出聲。

田叔也伏在小桌上打盹，柏豪一連呼喚了好幾次，才張開眼睛，一見柏豪的生魂直挺挺地站在他面前，不由得吃了一驚，說：「你什麼時候回來的？」

「我……我剛剛才回來，我忘了路，找了好久才找回來……」柏豪低下頭，他從懷中掏出了團東西，遞給田叔，說：「我可以抓到東西了，這是……孝敬田叔的。」

「哦！」田叔接過那東西，是只便利商店的塑膠袋，打開一看，竟然是一些首飾珠寶，田叔愣了一愣，問：「你從哪拿的？」

「一個有錢人家裡……」柏豪小聲地說，他見到田叔臉色有異，趕忙解釋：「我……我不敢殺那條子，想說做點別的來彌補，我找了一個有錢人家，拿點東西，孝敬田叔你……」

「哈！好孩子、好孩子——」田叔顯得異常驚喜，他上前伸手觸了觸柏豪的生魂靈體，田叔懂些異術，看得到生魂，甚至摸得到生魂，他盯著柏豪左看看、右看看，問：「出竅一整個晚上，你難道不會累嗎？」

「咦？不會啊……」

「好、好！」田叔看了看錶，此時已經接近早上，窗外已漸漸發白。「不簡單，眞不簡單……」田叔趕忙將柏豪的生魂招到了他原本肉身軀殼旁，燒了張符在柏豪肉身周圍繞了繞，又比手劃腳地對著柏豪生魂唸咒施法，柏豪這才覺得恍惚起來，再下一刻，他便回到了自己的身體裡。

「我……我回來了！」柏豪「啊」的一聲睜開了眼睛，他動動手腳，站了起來，跳了跳，發現身子不再輕盈，這才確定了自己回到肉身裡。

「喔！柏豪你很棒、很棒！」田叔見柏豪一回到肉身裡，立時能說能跳，和其他人虛脫昏睡模樣大不相同，不禁又驚又喜，他搓著手，笑咪咪地說：「這下子我發了！」

翌日那頓晚餐特別豐盛，大魚大肉，老灰仔捧著碗坐在廟門前靜靜吃著，不時回頭望向遠處那吵雜喧囂的廳堂。再回頭望望供桌上神明塑像，老灰仔的眼神一片空洞茫然，他轉頭看看門外星空，久久才低頭扒幾口飯。

廳堂中雖然笑聲叫聲依舊，但少年們臉上都帶著一絲蒼白，舉手投足之間也不見往常那樣的激烈躁動，這是因爲他們在開爐之後，體力大都尙未完全恢復，此時個個如同大病初癒般有氣無力。

只有柏豪臉色紅潤，吃得滿嘴油膩，向圍繞在他身邊的人比手劃腳地說著當其他人一個個被田叔拉回之後，自己獨自經歷的事；他是如何躲避一個樣貌奇怪的牛頭人的追逐，以及如何潛入一戶人家，如何偷窺那女主人洗澡，再如何竊取了那女主人的首飾珠寶，聽得那些圍著他的少年欣羨不已——尤其是偷窺女主人洗澡那段，即便是有多次開爐經驗的資深少年們，也無法持續生魂狀態太久，通常他們必須儘快地完成田叔交代的任務，而無法做這些他們只能想想而無暇也無力進行的事情。

「你老實說，你有沒有偷摸！」「她胸部大不大！」少年們猴急地搶著發問一些比「胸部大不大」更加低級下流的問題。

「其實我沒有仔細看……」柏豪聳聳肩，說：「我怕那個牛頭人又追過來，所以趕快拿了點東西就回來了，下次再有機會，我會幫你看看。」柏豪對著不停追問那女主人身體隱私的嘉宇這麼說。

小滅一語不發地坐在一邊，默默吃著飯，似乎對柏豪的親身經歷絲毫不感興趣。

「我掛保證啦！」田叔的聲音遠遠傳來，語氣顯得有些興奮，又有些緊張。他一面抓著癢，一面走入廳堂，對著手機高聲說：「黃桑，你跟許先生說，只要一個禮拜，我一定鬧得那姓王的雞犬不寧！眞的、眞的……我撿了個寶！哈哈！」

田叔結束了通話，笑得闔不攏嘴，走到柏豪身邊，大力拍著柏豪的肩，對大家說：「大家聽好，以後要好好照顧柏豪，今天你們吃的大餐都是柏豪的功勞，知道了嗎？」

「敬柏豪哥啦！」阿彥自作主張地倒了杯啤酒要給柏豪，卻讓田叔一把擋下，說：「你們自己喝就好了，柏豪今晚還要忙。」

「咦？」少年們不解地問：「今天也要開爐喔？」

「柏豪，行不行？」田叔拍了拍柏豪的肩，柏豪點點頭說：「沒問題。」

「看到沒有，這就是柏豪厲害的地方。」田叔哈哈大笑。

「阿田啊，不行不行……」老灰仔像是聽見了廳堂中的對話，急匆匆地趕了進來，連連搖手說：「不行天天開爐，身體會壞掉、會壞掉……」

但是，老灰仔的聲音很快地被少年們的嬉鬧起鬨給淹沒，大夥兒都知道柏豪開爐出竅的時間非常長，開始七嘴八舌地建議柏豪在完成任務之後，另外要做些什麼事。

嘉宇直勾勾地望著柏豪，說：「好兄弟，替哥兒們弄幾件正妹的內衣褲。」阿彥也插口，他想要一台最新的掌上型遊樂器，其他少年也紛紛開口，有的要錢、有的要手機。他們出竅的時間不長，而且大都無法像柏豪一樣能夠長時間持取東西。

「啊，你們不要吵啦！」田叔揮了揮手，拉著柏豪就要上樓，說：「其他人早點休息，體力恢復之後才可以支援柏豪啦。」

一旁的小滅抬起頭，斜斜望著跟著田叔上樓的柏豪，眼神帶著些許怨怒。

老灰仔同樣望著上樓的田叔和柏豪，他張開著口，咿咿啊啊地不知說了些什麼，最後還是莫可奈何地搖著頭，轉身離去。

第四章　失控的夜晚

柏豪站在那棟高聳大樓樓頂的牆沿上，大風吹過他的臉、吹過他的身子，他臉上塗抹著奇異紋路，手上捏著一張簡易地圖。此時天才剛黑，大樓底下的街道車水馬龍，好不熱鬧。柏豪低頭往下望，心中仍有些膽怯，昨天他跟著十來個人一同站在這牆沿，今天卻只剩下他一個人。雖然他知道自己此時是離體生魂，且昨天已經飛了一次，但此時只他一人站在這麼高的地方，仍不免有些膽怯，他深深吸著氣，又捏了捏自己的臉和胳臂，再次確認此時的生魂狀態之後，這才閉起了眼睛，一屈膝，猛地向前一蹦——

他乘著風快速向前，不一會兒便落了地，又拔腿奔跑了十來秒，很快地來到了目的地，那個尚未完工的大賣場，此時還可見到工程車或是私人車輛不停進出賣場停車場。

「鬼來囉——」柏豪扯著嗓子喊，沒人聽得見他的聲音。柏豪來到一輛私人汽車旁，抬腳一踢，腳卻穿過了車身，他呆了呆，伸手拍了拍汽車，反覆試了幾次，再猛而一蹬，結結實實蹬在汽車門上，終於使那汽車警報器大響起來，嚇著正好經過附近的一名女職員。

「哈哈！」柏豪奔跑著，大力拍打他經過的每輛車子，有時他的手會穿過車身，有時又能確實拍中車子。他來到賣場正門，那裡有一面高聳的玻璃大門，此時自動門功能尚未運作，人員出入必須走另一邊的小門，柏豪按了按那玻璃門，左右張望，兩名工人正好從裡頭走出。柏豪待工人經過時，將他插在褲袋中的扳手抽了出來，迴身朝著玻璃大門猛力一敲。

那玻璃大門相當結實，讓柏豪拿著扳手這麼一敲，也只是出現了一塊小碎痕，並未如柏豪想像中那樣崩裂傾垮。柏豪呆了呆，大約知道是怎麼回事，他成績不好，但電視看得不比別人少，知道這類「很堅固」的玻璃，要從四個角落打，他不等周圍幾個聽見敲擊聲音而四顧張望的人走開，便立即又揮動扳手，朝著玻璃大門某一角落重重一擊——

「磅——」一聲轟響，跟著是數不清的碎裂炸響，自動玻璃門的右半邊登時碎落一地。

「怎麼回事！」賣場主管正送兩位前來勘查賣場機能的企業主管下樓，一聽那正門碎裂聲響，愕然驚怒地趕來喝問，自然什麼也問不出來，只能不住地向那兩名客人解釋，一定是有哪個冒失鬼走路撞在門上。

柏豪則是早穿過牆，來到了賣場裡頭，他四處閒逛，賣場裡大都空空洞洞，一樓有許多隔間，其中有些已經招募到店家，開始進行簡單的布置規劃。他一路向上逛，賣場二樓到四樓是超市，那些賣架、大冷凍櫃都尚未送達，此時空空蕩蕩，只見到一根根樑杜聳立其中，四面有些粉刷牆壁以及檢查管線的工人。柏豪經過一個工人身邊，磅地一腳踢翻了那油漆筒。

他也沒理會工人的驚訝怒叫聲，便又繼續上樓。五、六、七樓還雜亂不堪，大都還進行著鋪設地板、裝架窗戶之類的工事，也由於天花板的燈大都也未裝上，因此照明必須依靠架設在樑柱邊的臨時燈座。雖然此時已過了下班時間，但王董希望工程儘快完成，因此賣場的工人們也分成了兩班，日夜趕工。

「……」柏豪在賣場七樓見到了他爸老陳，老陳在幾處尚未裝設窗戶的牆洞前抽著菸，呆望窗外，神情看來比數日前更加憔悴。

「老陳啊，下班了你還不走？」一名工人朋友走過老陳身邊，拍了拍他的肩，說：「別太擔心啦，囝仔玩累了就回家了，他沒事啦。去年我兒子也是這樣跑出去玩了三個月耶，後來沒錢了，還不是乖乖回來了。」

「嗯。」老陳點點頭，將菸熄滅，將背包揹上，又提起一只袋子。柏豪注意到袋中那疊厚厚的東西，是尋人啓事。

「柏豪、柏豪？」田叔的聲音遠遠傳來。「你到了沒？」

「嗯，我到了。」柏豪趕緊回答：「我把他們的大門打碎了……」

「很好！很棒！」田叔哈哈笑著，欲言又止：「如果你把一個工人推下樓，他們馬上就要停工了，嘿嘿……不過乾爹知道你心地善良，對不對，我跟你講，你就盡量鬧，讓他們沒辦法完工。」

「好，那我繼續鬧。」柏豪點點頭。

見到老陳的背影隱沒在七樓手扶梯的盡頭，他呆了一會兒，也跟著下了樓，拔去了幾只臨時燈座的電源，自然惹得值班工人一陣騷動，接著他又敲破了幾扇擺放在地上尚未裝上牆的玻璃窗，再跟著，他不停地按著消防警報器，讓警鈴大作。

工頭和賣場主管，像是暴躁的猴子般在賣場上下巡視，卻找不出原因。

主管氣急敗壞地大吼：「怎麼回事？到底怎麼回事？」

工地工頭無奈攤著手說：「可能是電路不穩。」

「磅！」正門左半邊的大玻璃門也爆裂碎散，循聲衝下來查看的賣場主管鐵青著臉，已經說不出話。他還沒來得及發怒，一陣破碎聲音和工人們怪叫的吶喊聲又自二樓傳下來，是柏豪又打破了幾扇窗戶。

柏豪能夠穿牆，跳上跳下地四處搗亂，他從一樓鬧到六樓，再從六樓玩到一樓，將油漆弄翻、把折疊梯子推倒、把滅火器亂噴、不停按著消防警鈴、將窗戶一扇扇打破、將施工工具藏起來——他獨獨沒有在七樓鬧，他不甚靈光的腦袋倒還知道那兒是他老爸的責任區。

在賣場主管驚怒痛吼的聲響劃破天際之餘，柏豪站在賣場頂樓，看著掛在天頂上的殘月。田叔很滿意他的報告，說今晚剩餘的時間就隨他玩了。

柏豪一縱身，又飛快掠下，在空中翻了個筋斗，落在一輛車頂上，又一蹦已經攀到了對街一棟公寓牆上，他飛快跑著，往自己家的方向跑去。

十幾分鐘後，他來到自家門前，那是扇墨綠色的鐵門，他穿過鐵門，穿過木門，進了屋。

屋裡一片漆黑，老陳還沒回家。柏豪在凌亂的客廳中踱步，來到自己的房間，房中擺設和他離去前相差無幾。他來到自己床前，呆呆坐下，腦中一片空洞，他不知道接下來的日子自己該做些什麼，就要這樣替田叔工作一輩子？

他躺上了床，閉起眼睛，不知過了多久，他聽見開門聲。柏豪穿牆而出，見到老陳提著一只裝著幾瓶酒的袋子回家，將背包和提袋隨手一扔，疲累地來到餐桌坐下，隨手開了一瓶酒，就著瓶口喝起來。

「喝啊、喝嘛，喝死你這死老猴。」柏豪望著老陳喝酒的模樣，不愉快的記憶一股腦地湧上心頭。他氣呼呼地在客廳踱步，只見老陳不到一分鐘就喝去一整瓶啤酒，心中更怒。他來到廚房，東翻西找，找出了那包瀉鹽，捏了一小撮在手上，又回到餐桌前，老陳正歪著頭打嗝，柏豪便將那瀉鹽撒進了啤酒瓶裡。

老陳仰著頭打了好幾個嗝，伸著懶腰呢喃嚷嚷叫了幾聲。柏豪呆了呆，他老爸嚷嚷的那麼名字他很熟悉，那是死去的母親的名字。

老陳駝著背，頹喪發著呆。

柏豪見到他老爸的面容變得十分蒼老，有些後悔自己剛剛的舉動，但瀉鹽早已溶入啤酒中。老陳抓起酒瓶，大大喝了幾口，又發起呆。

柏豪走到了沙發坐下，愣愣地看著老陳喝酒的背影，接著，他聽見了老陳的啜泣聲。「這個家……只剩我一人了……」

柏豪揉揉眼睛，心中愧疚，他站起走到老陳身邊，想拍拍他的肩。但老陳登時蹦了起來，三字經脫口而出，一面解著褲子，一面往廁所裡衝，還猶自大罵著：「恁娘咧，怎麼突然肚子痛啦！」

柏豪趕緊將餐桌上那摻入瀉鹽的大半瓶酒拿到廚房倒掉，再開了一瓶新酒，並倒去一些，擺回桌上。廁所中還不停傳出老陳的怒罵聲。柏豪心虛地一躍離開了家。和昨天一樣，找了個有錢人家，偷了些東西，才回到奉靈宮。

□

「好膽別跑！」阿武猛一催油門，他那黑亮重型機車轟地向前衝去，緊追著前方三輛五顏六色的重型機車。三輛車上六個亡魂，個個面目猙獰、咧嘴大笑，全是瘋狗集團的嘍囉，後座的嘍囉揮動鐵鍊，耀武揚威，前座的駕駛也催足油門，唰地三輛車急急左轉，竄入左邊窄巷。

「哼！」阿武也來了個急轉甩尾，伴隨著轟烈的引擎聲，在灰白大道上刷出兩道碳黑色輪痕，跟著像是火箭一般追入窄巷。

「快點、快點啦！」小歸在後座不停催促，一面還掄揚著手上的長柄電擊棒。

俊毅本來有意聘僱小歸進入城隍府當個馬面，和阿武搭檔，但陰差一來不得干預陽世凡人，二來不得另行兼差，這兩樣小歸都無法接受，他還得看照他那老弟弟，二來他在地上地下自由慣了，拿了大筆冥錢，開了家雜貨店。小歸是個老鬼，見多識廣，以前勢單力薄時常被欺負，現下有了城隍府作爲後盾，不怕壞鬼勒索，將店面經營得有聲有色，還聘了兩個顧店的小鬼，平時閒暇無聊，便時常上城隍府串門子，偶爾也跟著阿武出勤當作休閒。

「我花了好大工夫才找到這輛車，包管是全陰間前十名的車，絕對不只這種程度！」小歸在後頭嚷嚷喊著。

「廢話，還用你說！」阿武吼叫著，又呼呼催起油門，速度更快，漸漸追上前方三輛重型機車。「王仔這兩年燒給我的錢，全砸在這輛車上了，我拿來抓這些混蛋，也算是爲陰間警界鞠躬盡瘁了。幹，我不知不覺變成這麼盡責的條子了？」

閃爍的青藍骷髏警燈貼在黝黑車身側邊，銀亮排氣管炸出靛藍色的焰火，隨著阿武和小歸的拌嘴，車速又更快了。

「去死啦——」三輛瘋狗集團的重型機車在窄巷中魚貫向前，最末一輛那後座混混惡鬼一轉身，見到阿武的車離自己極近，便揮動鐵鍊在窄巷兩側牆面炸出一陣火花，然後便朝著阿武狠狠甩來。

「小心！」阿武和小歸即時低頭，避過鐵鍊。

阿武一來有牛頭面具加持，二來當了陰差兩年，身手矯捷許多，鬼氣也增強不少，根本不將這些混混放在眼裡。只見那惡鬼混混一擊不中後，抽回鐵鍊再次甩來，便抓準時機一把抓住了鐵鍊。阿武的手上戴著防摔手套，緊緊握著那鐵鍊，突然又將鐵鍊朝一旁牆面上錯亂的鐵架上一套，那混混來不及放手，讓卡住的鐵鍊扯得彈離後座。

阿武一手掐住那迎面飛來的混混頸子，用自己的牛頭撞向混混腦袋，將對方撞得頭破血流，再往後一丟，喊：「交給你啦。」

「哈！」小歸接著這混混——小歸也是老鬼，道行可比這嘍囉高上許多——手忙腳亂地取出手銬，一邊銬那混混手腕，另一邊銬在重型機車尾端那鋼鐵橫欄上。那混混像是風箏一樣被阿武的重型機車拖著飛，只能不停哀嚎求饒。小歸嫌他吵，便用電擊棒敲他的腦袋，喝叱：「不要鬼吼鬼叫，唱『背叛』！」

「我……我不會唱……」那嘍囉慌亂說著，突然身子猛一甩，下半身轟地撞上一座燈柱，原來是阿武重型機車駛出窄巷，又來了個急轉彎。

那嘍囉還來不及喊疼，阿武的重型機車飆得更快，已經來到最後一輛瘋狗集團重型機車旁，與那駕駛並駕齊驅。那混混駕駛見到自己同伴被銬在車尾放風箏，心中有些怯意，一手伸進外套東掏西摸了半晌，掏出一根短東西，也是電擊棒。

小歸喝地一跳，踩在後座椅上，一手抓著阿武牛頭上一根牛角，一手揮舞著他那長柄電擊棒，還不停按著電擊開關，發出滋滋電響。阿武斜斜看了那嘍囉駕駛一眼，跟著一扭龍頭，整輛重型機車緊迫壓去，後座的小歸二話不說，就持著長柄電擊棒不停朝著那駕駛揮打。

「啊！呀！」嘍囉駕駛驚慌之餘，也只能揮動他那短短的電擊棒反擊，給小歸電了好幾下，跟著大腿猛一劇痛，原來是阿武也抽出了甩棍，一棍子敲在他大腿上。他一個不穩就要摔車，又讓阿武以甩棍戳中小腹，將他挑上半空，後頭小歸牢牢接著，依樣畫葫蘆地將這嘍囉駕駛也銬在車尾。

「啊，他們要逃跑了！」小歸見到另兩輛瘋狗集團重型機車趁著同伴被逮之餘加速逃逸，不屑地罵：「沒義氣的傢伙，平常不是很囂張嗎？啊？」

小歸氣得轉頭拿著電擊棒在兩個嘍囉腦袋上不停敲。他雖然不是陰差，但也對瘋狗集團這批傢伙恨之入骨。一來這些傢伙在俊毅轄區四處搗亂，許多商家都吃過他們的虧；二來他們知道小歸和俊毅的城隍府關係匪淺，對小歸店面的搗亂便也更加惡劣，四天前還扔了顆汽油彈進去，炸出一片鬼火，燒壞了一堆貨物。

阿武再催油門，又逼近過去，掏出腰間配槍，那是上頭新發下來的裝備。阿武持槍對著其中一輛重機上的嘍囉扣下扳機，射出的卻不是子彈，而是一張飛網。

「哇！」兩個嘍囉讓那飛網纏住全身，咿咿呀呀地怪叫，那網子越縮越緊，將兩個嘍囉緊緊纏在一塊兒，車子一斜便轟隆倒下。

阿武重型機車倏地掠過，一壓車身，小歸一探手，將這兩個嘍囉也拎起，同樣銬在車尾。他哈哈大笑：「好壯觀吶——」

「好！好！」兩側商家見到平日搗蛋的惡棍給這樣遊街，紛紛鼓掌，有些還指著另一端那第三輛重型機車，喊著：「牛頭大人，還有一輛！」

阿武二話不說，再催油門追去，但那第三輛重型機車後座那女鬼混混一回頭，從口袋掏出一枚狀似手榴彈的玩意兒，拉開了保險栓，朝著阿武拋來。

那東西轟地一炸，只見四周一陣閃耀，小歸哀嚎一聲，從後座摔落。阿武連忙煞車，橫住車身，只見四周都是煙霧，他連忙將摔飛在地的小歸抱回車旁。小歸全身僵直無法動彈，卻也無大礙。那像是手榴彈的東西能讓鬼魂暫時四肢麻痺，卻不至於有嚴重傷害——牛頭馬面無權使用重傷害武器，這批新裝備也是如此。

「可惡，這樣亂玩我們的裝備！」阿武恨恨罵著，那第三輛重型機車已經不知去向。阿武轉過身，伸手在被銬在車尾的四個混混腦袋瓜上猛敲，氣罵著：「混蛋，你們老大躲在哪？給我說！」

那四個混混經過這陣亂鬥，一時也說不出話，四周店家一些鬼魂擁了上來，也要攻擊這四個混混，又讓阿武喝退。

「牛頭大人啊，這些人前幾天砸我的店，讓我踢他一腳啦。」

「這些傢伙好可惡啊，大人不要包庇他！」

「包庇？」阿武見小歸全身癱軟無力，無法坐穩，便將小歸也銬在車尾，跨上重型機車，又霹靂啪啦地敲了四個混混的腦袋，這才調轉車頭，駛動車子。「放心吧，帶回城隍府，有他們好受的。」

「臭阿武——」小歸啊啊地嚷叫起來，身子騰空浮起，像風箏一樣。

□

「哈哈！黃桑，怎樣，我說的沒錯吧，交給我就對了，而且啊——」田叔的笑聲遠遠傳來，和許先生的機要秘書黃近福並肩走來。

老灰仔低著頭，默默地在廟前燒著紙錢，見到田叔走來，抬起頭想說些什麼，但還沒來得及開口，田叔便帶著黃近福走進廟裡。

「我跟你說，我阿田和以前可不一樣了，這次我眞撿了個寶，待會兒包管你大開眼界。」田叔拍著黃近福的肩，比手劃腳地說。

黃近福是知名富商許先生的數名機要秘書之一，專職替許先生處理一些較爲隱私、上不了檯面，甚至可說是見不得光的事。

「該不會又是你以前那些旁門左道吧。」黃近福呵呵一笑，取下眼鏡擦了擦又戴上。

「眼鏡擦乾淨點，待會看清楚。」田叔興奮搓著手，帶黃近福上二樓開爐房。

開爐房裡，那張小桌已經擺妥了黝黑小檀香爐，柏豪盤腿坐在小茶几旁，兩個少年仔細地在他臉上塗畫著妖異圖紋。

「去給黃桑拿點啤酒小菜上來。」田叔指使著少年，同時拉著黃近福在茶几旁坐下。

「你說的寶，就是這小孩？」黃近福看著柏豪。

「就是他，開爐不會累。」田叔豎了個大拇指。

「你說的開爐……就是你以前提過的……靈魂出竅？」黃近福狐疑地問。

「對。就是靈魂出竅，我們叫『開爐』，是我阿爸教我的法術，黃桑，不由得你不信啊，你以爲土方怎麼這麼巧出了車禍，就是我們開爐搞的。你也聽說王董那賣場的事了吧，工地大亂啊，哈哈。」田叔得意地說。

「我只聽說賣場的門給打破了，我派人打探，工程頂多只延一、兩天，你覺得許先生怎麼會滿意？許先生的意思，你應該曉得。」黃近福笑了笑，接過少年遞來的啤酒，禮貌地道了謝，又吃了幾口小菜。

田叔大搖其頭，說：「黃桑，要鬧事還不容易，在工地推幾個人下樓，弄他幾個意外，不出三天就要停工啦。」

「停工還可以復工。」黃近福說。

「復工就再弄幾個意外，看哪個工頭不怕。」田叔嘿嘿地笑。

「你說什麼我聽不懂。」黃近福微笑地說：「你要幹什麼都與我無關。總之，許先生只想那塊地什麼也做不成，你要用什麼方法，我不知道，也不想知道。」

「嘿嘿，我懂、我懂……」田叔哈哈笑著，將一塊像是小黑炭的東西點燃了放入檀香爐裡，又取了紅線打成結，綁在柏豪小指上。一邊一個少年早已替柏豪捲了菸，點燃了遞上。

柏豪深深吸著那藥菸，再深深一吐，天旋地轉的感覺又充滿了他全身，他對這種感覺彷彿有些著迷了。

「開爐啦。」田叔吆喝一聲，揭開了小檀香爐。

「嗯？」黃近福靜了靜，笑著問：「然後呢？」

「哈，我忘了，黃桑看不到。」田叔哈哈一笑，吩咐一個少年到小櫃子取出幾片柚子葉，來到茶几旁。田叔捏著那葉子，放入一杯茶水中，一面唸咒、一面攪和，跟著沾了沾那柚子葉茶水，在黃近福兩邊眼皮上點了點，說：「現在你再看看。」

「哦？」黃近福好奇地東張西望，跟著一驚，他見到柏豪的生魂站在自己身旁，瞅著他笑。即便他平常如何沉穩，這時也難免結巴。「哈……哈哈，原來阿田你這鬼玩意是真的啊。」

「當然是真的！」田叔招招手示意柏豪坐下，柏豪也乖乖坐下，他就坐在自己肉身旁邊，看上去便像雙胞胎一樣。

黃近福指著柏豪臉上那奇異圖紋，問：「臉上畫這樣，有什麼作用？」

「避免給人認出來。」田叔解釋：「我阿爸說的，其實一般人是看不到靈魂出竅的，不過世界上人那麼多，有些人就看得到，鬼也看得到，畫成這樣，看上去兇，一些妖魔鬼怪見到了，也不敢來找麻煩。」

黃近福點點頭，又問：「你找我來，就是表演這個給我看？」

「對啊。」田叔搓搓手說：「黃桑，不要那麼無趣嘛，你想想，這樣多好用，許先生總有些事情是一般人做不到，但是我乾兒子可以做得到的，我只是想多替許先生做點事。」

「他是你乾兒子啊。」黃近福哈哈一笑，又說：「我根本不知道他能做些什麼……嗯，工地的事就是他弄的？」

田叔連連點頭，補充說：「靈魂出竅之後，上天下地，無所不知，無所不能。許先生想知道什麼，例如，王董一些不想被人揭發的事；許先生想拿些什麼，例如，王董公司的機密資料。有我乾兒子在，這些事情都很容易。」

「我懂了。」黃近福哈哈一笑，喝口啤酒，看看柏豪，又看看田叔，說：「光憑你幾句話……我也很難和許先生說明，你得讓我相信這小子眞的這麼有用才行。」

「那黃桑的意思是……」田叔問。

「這樣好了。」黃近福側頭想了想，提出一個點子。

「那有什麼問題。」田叔聽了哈哈大笑，向柏豪說：「柏豪，你再去一趟王董的工地，不過不要隨便動作，聽乾爹的話行動，乾爹要你幹什麼，你就幹什麼，讓黃桑大開眼界，哈哈！」

柏豪點點頭，他走到窗邊，或許是也有意展示自己的生魂能力，在他半邊身子穿出牆壁的同時，還回頭朝黃近福望了一眼。他見到黃近福沉穩的臉上出現一絲驚訝，這讓柏豪有些許得意。他縱身一躍，高高躍起，然後落地，和先前幾次開爐出竅一樣，他奔跑個不停，且不時跳躍，像是電影裡的超能力英雄、像是武俠小說中的絕世高手。

他比上次更快來到那棟二十幾層高的人樓底下，攀上樓頂，奔到邊緣，然後再次飛鼠似地滑翔到了賣場工地。

「田叔，我到了。」柏豪低頭說著，停車場上仍停著許多車輛，那時讓他砸碎了的大玻璃門此時已換上了新的，晚班工人們仍然忙碌地進進出出。柏豪留意到他們之中有些胸前多了點符籙飾品，他前晚一鬧，果然在工人當中造成了「這地方不乾淨」的傳聞。

「先別急，找個地方待著，黃桑人還沒到呢。」田叔傳來了回應。

柏豪也遵照田叔的指示，乖乖地等候了好一會兒。他進入賣場，來到七樓，見到他老爸開始進行裝設窗戶的工作。

「柏豪、柏豪，黃桑人已經到了，他在附近，你和他打聲招呼。」田叔這麼吩咐。

「怎麼打招呼？」柏豪呆了呆。

「黃桑說，大賣場又裝了新的大門，你把門打破，讓他見識、見識。」

柏豪應了一聲，又來到一樓大門前，又弄了根榔頭，轟隆一聲，將一側玻璃門敲得爆裂，嚇傻了周遭工人，直嚷嚷著一定有問題。

「柏豪，把另一邊門也打破。」

柏豪應了一聲，照著田叔的吩咐，將另半邊玻璃門也砸了個粉碎。一個工人離那門近，見到凌空飛去的榔頭，嚇得高聲尖叫，柏豪便立時拋下了榔頭。

「有鬼啦！」「別亂說，是誰扔的榔頭？」「是誰的鎚子！」工人們一陣騷動，賣場主管接到了通報，又急匆匆地下樓查看，見到破碎一地的玻璃渣，怒急跳腳，將所有能講的粗口全講了三個循環，額上的青筋幾乎要爆炸噴血了。

「哈哈。」黃近福在賣場工地甚遠的一家餐廳悠閒地用餐，不時以望遠鏡觀看情形，他對著手機那端的田叔說：「還挺有趣的，叫他把三樓的玻璃窗打破。」

賣場裡的柏豪，很快收到田叔的通知，他上樓隨意撿了工具，砸爛三扇窗。

「好玩、好玩！」黃近福笑得闔不攏嘴，拿起餐巾抹去嘴角淌下的醬汁，說：「看他們上上下下地眞有趣，五樓窗戶也砸爛。」

柏豪砸爛了五樓面對黃近福那側所有的窗戶。

「咦，七樓窗戶怎麼那麼整齊，去砸七樓。」黃近福笑著吩咐。

柏豪像是早有了預感般地來到七樓，他在幾個工人中認出了他老爸。他望著老陳背影，老陳顯得有些心不在焉，並未被樓下的騷動所影響，而正緩慢地和另一名工人合力裝設最後一扇窗戶。

「最右邊的窗戶正在裝耶，先把那扇打了，這樣會不會嚇死人啊。」黃近福說完，飲了一口餐後酒。

「呃……」接到田叔指示的柏豪深深吸了口氣，他遲疑地來到老陳身後，老陳和同伴正費力地將窗戶往牆框上裝。柏豪左顧右盼，找著了工具，仍然是柄榔頭。

「柏豪，有聽到乾爹的話嗎？」

「柏豪，黃桑說他還沒看到窗户破掉。」

「你動手了嗎？」

「柏豪？乾兒子、乖兒子，有聽到乾爹說話嗎？」

「柏豪、柏豪……」

「哇！黃桑說他看到了！眞棒、眞棒！」

柏豪呆呆站立在那牆洞前，盯著老爸和另一名工人愕然失措的表情。不久之前，那扇窗在他們之間突然爆碎，柏豪看著自己空空的手，他記不太清楚自己是如何擲出榔頭的。他看看老爸粗大的手給碎裂的玻璃劃出一道深痕，鮮血淋漓，另一個工人阿叔臉上也插了幾枚碎玻璃。

「怎麼回事！」「誰啊！」老陳和同伴驚怒吼叫著，想要找出扔擲榔頭的傢伙，那當然是找不著了，同樓層的一些伙伴趕了過來，騷動更甚。

「柏豪，推個人下來，這樣起碼一個禮拜沒人上工，不，至少停工一個月。」

「乖兒子，聽乾爹的話，照乾爹的話做，不要怕。」

「柏豪、柏豪！」

柏豪跑得飛快，他用盡全身的力氣在奔跑。

偶爾穿過牆，偶爾一躍極高，他拚命地跑，不像前些天那樣會停下來偷些東西，而是一直拚命地跑，他一面跑一面抹著臉，五官擠成了一堆，看來像是在哭。

他不記得自己是如何遠離賣場工地的，他只記得田叔不停催促他趕緊推個人下來，他只記得自己心裡慌亂到了極點，所有的善惡對錯在那瞬間被簡化成了「聽田叔的話就是乖孩子，不聽田叔的話就是壞孩子」。

柏豪奔跑到一棟樓房的樓頂，蜷縮在水塔下，他茫然望著自己的腳尖，顫抖地認真回想剛才發生的事——

他確實動手推了一個工人，是那個和他老爸合力裝窗的工人大叔。

大叔其實沒有墜樓，老陳即時拉住了他。當時老陳一手揪住了那大叔後領，一手抵在破碎窗沿上，尖銳的窗框玻璃碎片插入了老陳前臂裡，同時也插入那大叔的腹部。那大叔讓老陳費力拉回時，小腹上幾道血口清楚駭人。

即便田叔再怎樣催促，柏豪都無法繼續動手了。他在極度驚恐矛盾之下不停地逃，直到逃到了這個他也不大熟悉的地方，躲在樓頂水塔底下。他眼睛大張卻難以分辨四周東西，嘴巴大張只能發出沙啞的啊啊聲，耳朵嗡嗡鳴響著，整個腦袋裡全是些推人瞬間的反覆重播畫面。

最後，他將頭整個埋進了抵著膝蓋的臂彎中，哆嗦著。

□

「怎樣？有沒有找到？」田叔焦切地望著回了魂的小滅和嘉宇等五名青少年。

小滅等人滿頭大汗，面容蒼白，搖了搖頭，他們胸口窒悶，一個少年連忙開窗透氣，窗外是黃昏。

在二樓開爐房的角落擺著一張蓆子，上頭躺著的是柏豪的身體。那晚開爐之後，柏豪沒有回來，任憑田叔如何施法、如何唸咒、如何關心、如何詢問，甚至發怒，柏豪仍沒有回來。開爐的黑炭燒盡後，紅線一斷，田叔便無法和柏豪溝通了，柏豪不知去向。

而現在，已過了三天。

黃近福很滿意柏豪那晚的表現，已經安排妥當田叔和許先生的會面時間，就是明天晚上。聽黃近福說，許先生對田叔這偏門法術也相當感興趣，對田叔而言，這可是一個千載難求的大好機會，他是個市井混混，而許先生是個具有國際知名度的富商，光是在許先生身邊撿些菜屑肉渣，都能讓田叔撿到手軟了。

這種機會豈能讓它飛了，而這個機會有大半得依賴柏豪，但柏豪卻在最要緊的關頭不見了，只留下一具肉身。

「跑哪去了……」田叔大力搖頭嘆氣，又氣又惱。

「會不會……被太陽一照……死掉了……」有個少年擔心地問。

一旁的老灰仔插嘴說：「不會、不會，生魂不怕太陽，但如果被一些孤魂野鬼纏上，比較麻煩，所以我才說不要常常開爐……」

由於柏豪生魂下落不明，田叔也只得請同樣懂得開爐法術的老灰仔上來提供些意見。但老灰仔從前也只是個略懂法術的小廟公，和田叔的父親共同主持這奉靈宮，所知終究有限，上樓試了一會兒，也是徒勞無功，只能乾著急。

田叔抓頭半晌，突然眼睛一亮，回頭望著老灰仔，問：「阿叔，我問你，阿爸以前是不是有一本法術書，教人怎麼招魂？」

「是啊，怎麼了？」老灰仔抓抓頭回答：「那是好久、好久以前的事囉……你阿爸以前啊……」

「對對對，我記得阿爸以前招過魂，能把附近的鬼都叫出來對不對？」田叔這麼說。

「是啊……」老灰仔呆了呆，說：「阿田啊，你要用那個來招柏豪啊，不行、不行，很危險呀……招魂大法不能隨便用啊！」

「爲什麼不行？我以前看阿爸用過，我不會亂用，我要救柏豪，快告訴那本書收在哪，還有一些法器，我記得清清楚楚！是不是收在阿爸房間？」田叔一面問，一面轉身出房，往他父親生前臥房去。那臥房當中一個角落擺了個小祭祀牌位，另一邊是些雜物，田叔一進房，四顧張望，看看床底，看看門後，他推開幾只擋路的箱子，到了一座大櫃子前。

「阿田、阿田！不行啦……」老灰仔噫噫呀呀地跟進了房間，拉著田叔手臂，說：「招魂大法不能隨便亂用，你阿爸以前都是遵照神明指示才用，要先開壇問神明啦……」

「問個頭，別吵啦！」田叔一把推開老灰仔，打開那棗色大櫃，當中雜物也是不少，有些陳舊相本、瑣碎雜物，甚至還有田叔學生時代的書包，但田叔對這些玩意兒一點也不感興趣。他撥開那些沒用的東西，伸手探入雜物之後，將一支以報紙仔細包覆的棍狀物拉了出來，跟著又取出大櫃角落一包陳舊事物。

田叔扯破包覆在棍狀物外的報紙，露出一截刻有符籙的木柄，再扯開那包裹妥當的方形事物，裡頭是一本古籍模樣的書和一些施法器具。田叔興奮地說：「對、對！就是這些東西，我記性很好的！」他一手提著那長柄棍狀物，一手挾著那些法器，轉身要走。

「阿田啦，不行……不行啦！」老灰仔跟在田叔後，不住地嚷嚷，直到田叔回頭推了他一把，惡狠狠地瞪著他，老灰仔這才低下頭，不再夾纏不休。

□

陰間，城隍府裡正舉辦著慶功小茶會。

辦公桌上擺著各式各樣零零散散的零食點心，絕大多數都是轄區裡住民自發餽贈的。

數十個陰間遊魂圍繞在城隍府外的小空地上，對阿武那台威風凜凜、黝黑發亮的重型機車指指點點、拍手叫好。阿武也樂得向眾人拍胸脯保證：「以後有誰發現那些雜碎，盡量告訴老子，老子通通抓起來，一個也不剩！」

阿武的新車性能更勝於瘋狗集團重車車隊，一改以往被拋在後頭猛吸廢氣的窘狀。亟欲將瘋狗集團成員一網打盡的俊毅，也終於捨得動用自己那台城隍專用座車來和瘋狗集團車隊周旋，一見到瘋狗集團成員就狂速衝撞，將城隍專用座車刮得花花亂亂、撞得歪七扭八；其他牛頭馬面也是總動員，設計陷阱、誘騙埋伏，三天下來，便擒獲了十幾個瘋狗集團成員，沒收了近十輛重型機車。

小歸捏著點心吃，拿著計算機對俊毅說：「俊毅老大，這些車通通賣掉，可以賣好幾十億耶，修好你的寶貝車子還剩超多的，你打算怎麼用啊。」

「還沒想到，按照規矩，這些充公財物是要上繳閻羅殿的。」俊毅沒好氣地說，他望著自己那輛本來耀眼的豪華座車此時變得破破爛爛，引擎蓋都沒了。

「上繳閻羅殿的話，那俊毅老大連修車的錢都沒了耶。上頭在刁你，三年來，你們這裡是最窮的城隍府，應該也不會補助你修車的錢吧，我一想到以後俊毅老大要開這輛車巡視轄區，就覺得有些悲傷。」小歸一面說，一面在那輛座車四周兜著圈子，摸摸凹凸不平的車門，摸摸有如神秘圖騰般的刮紋，再看看破裂的玻璃窗和缺了引擎蓋的車頭，嘆了口氣。

「……」俊毅臉色鐵青，不發一語，想了半晌才說：「等我把瘋狗集團剿滅了再說。」

「沒問題，就這麼決定，到時候這些贓物就由我代爲處理，絕對賣個好價錢，我小歸做生意很公道的。」小歸拿著計算機搖頭晃腦、有模有樣地計算著。

俊毅哼了一聲，也懶得答話。他手機響起，接聽，是一組牛頭馬面傳來的回報：「和之前一樣，空了。」

「嗯，回來吧，路上小心點，別中了埋伏。」俊毅掛上電話，眉心糾結，快步走進城隍府。三天來，他們對擒獲的瘋狗集團成員用刑逼供，當然也問出不少有用情報。包括瘋狗集團大頭頭叫瘋狗，生前也是個血氣方剛的幫派成員，但個性衝動愚笨，混沒幾年被人亂刀斬死；死後到了陰間，仗著自己厲死凶性，橫行霸道，又結幫立派，想完成他陽世當大哥的心願。

「俊毅大人，其他城隍府在資料庫上了密碼鎖，進不去，他們拒絕我們的要求，不願意提供瘋狗集團的人間紀錄，還要我們歸還人犯，他們說那是他們轄區的犯人。」一名雜役怯怯地說：「還說我們沒收的贓物也……也要歸還給他們。」

「喔？有這種事！」俊毅重重一拍桌子，一旁的牛頭馬面更是氣憤，連連怒罵。

「瘋狗集團那些雜碎根本是從其他地方來的，故意到我們地盤鬧事給我們難看，我看根本是其他城隍府煽動搞鬼。」

「要他們支援也拒絕，要提供資料也拒絕，現在我們抓到了人、沒收了車，他們還有臉跟我們討！」

「你回信告訴他們，車跟人都是我們的，想要就來搶。」俊毅拍了拍那雜役的肩，冷冷地說。雜役感到俊毅的怒意，也不敢多說什麼，照著俊毅的口吻回了這些信件。

「俊毅老大，我上去了，一發現他們馬上通知我，我立刻下來。」阿武在門邊喊著，這時的陽世已是傍晚，他得上去繼續拘提那些枉死遊魂。他見俊毅沒理會他，知道俊毅心情不佳，便也不多說什麼，轉身回到城隍府外那小停車場，抬腳跨上他那威風重型機車，伸手拍了拍貼在油箱側邊的骷髏頭，骷髏頭的雙眼便發出了一陣陣的青藍色警示亮光，惹得圍觀的陰間遊魂們一陣呼喊。

「好了好了，別擋路，老子我要到地上去了。」阿武鳴了兩聲喇叭，得意洋洋地發動機車，轟隆隆地駛上大道，後頭還跟著不少看熱鬧的遊魂。

「誰追得上有賞！」阿武回頭大笑，跟著猛一催油門，他的車子像是火箭一樣地向前竄去，一下子便隱沒在街的那頭。

「吆喝——」

阿武興奮地大聲吶喊，彷彿又回到當年飆車混混的時代。他的重型機車在大道上飛馳，閃爍的骷髏警示燈在灰沉的街上畫出一道藍色閃電，重機的排氣管炸出血紅色的光煙。阿武在一個彎道上壓車甩尾，漂亮地過彎，然後是更高速的飆衝，他衝入一條隧道，隧道深長，阿武的車極快，漸漸地，隧道隨著阿武的加速開始微微晃動著、飄移著，本來寂靜的隧道出現了車，計程車、小貨車、機車、私人轎車，全是陽世的車，阿武來到了陽世。

「爽喔！」阿武歡呼一聲，這是他在購入這輛新車之後，第一次騎上陽世執勤。

他很快發現在隧道之外的公路上方，飄盪著一個遊魂。他加足了油門衝去，大聲吶喊：「站住，你怎麼死的？」

那遊魂見了阿武快速逼近，心中驚慌，不知所措。他見到阿武持槍指著他，更加害怕，抱著頭蹲在路上，任由往來車輛穿過他。

「知道怕就好。」阿武來到那遊魂身旁，取出新發下來的多功能ＰＤＡ替這遊魂拍下大頭照，跟著亂按一番，找著了這遊魂的身分。他愣了愣問：「你叫王大海，對吧。你死七年了，沒有申請陽世許可證的紀錄，是偷跑上來的？」

那叫作王大海的遊魂點點頭，跟著又抓抓頭，做出一副莫名其妙的樣子。

「你上來幹嘛？」阿武喝問。

「……」王大海搖了搖頭，想了半晌，說：「我也不知道……」

「啥？」阿武又問了半天，這才指著那隧道說：「老子現在沒時間跟你瞎混，你馬上給我回去，不然別怪我扁你。」

「……」王大海也沒應答，一面抓著頭，一面搖搖晃晃地往隧道走。

「呿！」阿武重新發動機車，只騎了一小段路，很快地又發現四、五個遊魂群聚在交流道上交頭接耳。他覺得奇怪，催起油門駛近那兒。

「喂喂喂，想造反啊！」阿武又用同樣的方法查出了那幾個遊魂的身分，驚怒罵著：「啊，沒一個有陽世許可證的，你們約好了偷渡上來烤肉啊！」

其中一個遊魂搖了搖頭，說：「牛頭大人啊，我也不知道我爲什麼會在這裡，好像有人叫我，我迷迷糊糊地就到這裡了……」

阿武瞪著那遊魂，抽出了插在腰間的甩棍，呼地一聲抖開，說：「你們要自己回去，還是我把你們扁一頓，銬在車尾帶下去？」

「我們自己回去……自己回去……」那幾個遊魂驚恐地叫嚷著，全往隧道的方向飛奔。

「眞麻煩！」阿武抱怨一聲，重新發動引擎，繼續向前駛去。

當他駛進市中心時，沿路上又遇到了幾批莫名逗留陽世的遊魂，大都是已死去許久的陰間住民，不知怎地上了陽世，也問不出理由，在阿武的怒罵驅趕下，再一頭霧水地從來時的路返回陰間。

「怎麼搞的！」阿武望著嵌裝在儀表板上那特製框架中的ＰＤＡ，螢幕上是一幅地圖，地圖上的紅色光點代表遊魂，以往牛頭馬面便是循著這紅色光點前往拘捕遊魂。但此時螢幕中的紅色光點，數量竟是以往的數十倍之多，整個螢幕全是密密麻麻的紅色光點。

「幹！不會吧，壞了嗎？新的耶！」阿武憤然地拍打那ＰＤＡ，再點了點按鍵，將地圖放大，選定了幾處光點聚集處，加速駛去。他很快地證實了並不是ＰＤＡ故障，在他前方不遠處，確實聚集了十來個遊魂，遊魂們有些交頭接耳閒聊著，有些顯得相當興奮，不停在空中飛旋。

「喂——你們是怎麼回事？」阿武轟地駛進那遊魂聚集處，駛到了他們前方，漂亮地將車身打橫同時煞住。「陽世許可證拿出來，老子沒時間一個一個查，拿不出來的先讓我打一拳！」

「喔喔……」十來個遊魂當中只有兩、三個掏摸半晌後拿出了許可證，向阿武展示，其餘七、八個躊躇半晌，苦著一張臉求饒：「牛頭大人啊，我也不知道爲什麼上來這兒，我莫名其妙就在這兒啦，我還以爲鬼門開了啊！」

「就算鬼門開也要先登記啊，你頭殼壞掉啦！啊！那邊那幾個想幹嘛？」阿武斥責著，跟著他指著角落那方，那方幾個遊魂旋空飄盪，朝阿武做了幾個鬼臉，嘻嘻哈哈地飛竄逃跑。

「你們現在馬上給我滾下去！」阿武朝那幾個求饒的遊魂怒斥，跟著一擰油門，轟地追上朝他做鬼臉的遊魂們。

其中一個遊魂還不斷叫囂，斜斜地飛入一棟建築。阿武憤然追去，猛一拉車頭，也凌空飛升，穿入那建築，又自那建築另一面穿出，落在一棟稍矮的建築樓頂。那樓頂有面霓虹招牌，上頭還有一男一女兩個遊魂正卿卿我我。

「跑哪去了？」阿武左顧右盼，朝著那恩愛的鬼魂喊：「喂！有沒有看到一個鬼飛過去？」

「牛頭大人，今晚好多鬼飛來飛去，你說哪一個？」霓虹招牌上的男鬼這麼說。

「到底怎麼回事？」阿武感到莫名其妙，也無心繼續追逐，甚至懶得查驗那恩愛遊魂有無陽世許可證。他下了車，來到頂樓牆邊，向下眺望，底下街道遊魂比以往更多。

他奔到另一邊往下望，街道上某處人孔蓋正有幾隻鬼探頭出來，四顧張望，一個個躍出。

阿武莫可奈何，只好奔回車邊，撥了緊急電話向底下求救：「幹！俊毅老大，你得親自上來看看，事情大條了！」

第五章　附體

柏豪臉上沒有一絲表情，他的視線像是機械一樣動作著，先是停留在老陳那汗黃髒舊的上衣後背，然後順著老陳的動作瞥向一邊，看老陳生疏地將一張紙從提袋裡抽出，胡亂用糨糊抹了抹背面，然後將它們貼在工地圍牆、電線桿或是變電箱上。

然後柏豪的視線會在那張尋人啓事上停留半秒或三、四秒，內容相當簡潔，上頭便是「尋人啓事」四個大字，中央是柏豪的照片。由於黑白影印的關係，照片看來有些模糊失真，照片底下是聯絡方式。

今天老陳貼了幾張了呢？三十張還是五十張，柏豪已經記不太清楚了，但他可以肯定的一點是，老陳走了很久，至少兩、三個小時了吧。

老陳的左手掌和左手臂都裹著厚厚的紗布，柏豪盯著老陳手臂紗布上那塊黯淡的紅，比兩個小時前大上許多。一見著那塊紅，柏豪腦袋裡揮之不去的影像又閃閃地要浮現——那晚，他在田叔一聲一聲地催促下，笨拙地抱住了老陳同伴的腰，又托又舉地要將他向窗外推扔。老陳及時揪住同伴後領，使勁將他拉回，老陳的左臂壓著破碎的窗沿施力，讓尖銳的玻璃銳片插入肉裡。

柏豪的醫學常識不是很好，但他也很清楚知道那尖尖長長的玻璃碎片沒入手臂，可不是皮肉小傷，至少是得好好休養很長一段時間的傷。

但老陳沒有時間休息，他白天依然上工，他得將那些被打破的窗重新換過，他甚至比先前更加忙碌，因爲那晚騷動之後，三分之一的工人對於賣場工地三番兩次的怪異現象心生畏懼，紛紛離開了，額外增加的工作負擔，自然便落在堅守崗位的人身上了。

柏豪這兩、三天茫然遊蕩著，就和他初離家時一樣，不同的是現在的他成了生魂，不餓、不睏也不會累，沒人看得見他。偶爾他會遇到一些遊魂，也遵照著田叔先前的指示，遠離那些遊魂，以免惹上麻煩。他時常前往賣場工地瞧瞧老陳，或是四處遊蕩，正午時分的烈陽會讓他有些不適，但又不像鬼魂那樣懼怕太陽。

這天他從黃昏開始便跟著老陳身後，直到老陳下工，提著提袋四處張貼尋人啓事。自然，老陳早也報過警了，但由於是男孩，且加上以往也有蹺家紀錄，受理的警察似乎不那麼重視，簡單地打發了老陳。

柏豪望著老陳的背影，茫然搜尋著腦海裡的殘破記憶，他盡量地往那些記憶的深處尋找。一層層地把「很臭的老爸」撥開，把「易怒的老爸」撥開，把「打人很痛的老爸」撥開，把「醉了亂吐的老爸」撥開之後，他隱約找到了眼前這個很臭又很愛罵人打人的老男人，在很多很多年以前的模樣。那時，這傢伙是個悠悠哉哉的工廠老闆，興趣是釣魚和說笑話，至少絕對不是一個工作狂和酒鬼。

柏豪其實也大約知道老爸不得不拚命工作的理由，那是當年那場大火之後所欠下的各方債務，包括對員工的遣散費，包括原本工廠經營時的一些借貸等等，加加減減，還了十年，但餘下的欠款仍是一個三輩子也還不完的數字。

柏豪茫然然地跟著老陳的腳步，突然覺得四周有些熟悉，這是他蹺家時曾經走過的路線，前方巷子裡那間網咖，就是他和小滅等人相遇的網咖。

老陳先到拐角的便利商店買瓶飲料解渴，接著走進那間網咖，逢人就問有無見到尋人啓事上的少年。他一連問了幾個少年都沒有得到答案，但那網咖老闆卻對老陳的詢問有些反應，老闆先是將老陳遞來的尋人啓事湊近眼前仔細看了看，他對穿著制服且捲進小滅和大壩爭吵的柏豪有點印象，他記得柏豪就讀的學校，此時一見尋人啓事上穿著制服的柏豪，便覺得眼熟。

「嗯……可能……」那老闆左右看了看，將聲音放低：「可能在一間廟裡吧。」

「廟？」老陳愣了愣，問：「我兒子又不信神，他到廟裡幹嘛？」

「那我怎麼知道？」那老闆哼哼一笑，說：「這附近有個廟，有很多……嗯，有很多不讀書的小孩都在那裡跳官將首。」

「先生，能不能告訴我廟在哪裡？」老陳的神情十分複雜，又喜又怒。

柏豪在一旁看見了老陳臉上的變化，心情同樣複雜。他見到老陳臉上露出的喜色，知道是因爲打聽到了自己的下落而感到開心；但又見到他眼中冒泛起怒意，知道老陳心中一定在盤算逮到自己之後，要怎麼好好地教訓自己一頓。

「嗯，你……」那老闆抓抓頭，猶豫半晌之後，神秘地將聲音壓得更低，說：「你去找王小隊長，他會幫你。」

「王小隊長？爲什麼找他？」老陳不解地問。

「他在查一件誘拐少年的案子，唉……我不多說……」那老闆伸了個懶腰，取了紙和筆，望著老陳。「你得答應我一件事，我才能給你王小隊長的聯絡方式。」

「什麼事？」老陳抓抓頭。

「剛剛那些話，不要說是我說的。」老闆苦笑地答：「那間廟聽說背後有點勢力，我這家店小本生意，混口飯吃而已。」

「好。」老陳連連點頭，跟著接過了網咖老闆遞來的紙條，上頭寫了一串電話號碼。

□

「各位好兄弟，有沒有見過這個囝仔？」田叔右手捏著香，左手捏著一張照片，對著廟門前那群聚的十來隻遊魂這麼說。

遊魂們搖搖頭。

「各位好兄弟，幫小弟一個忙，找到這個囝仔，我替你們辦法事，燒紙錢。」田叔誠心拜了幾拜。

有些遊魂點點頭，來到田叔面前，仔細瞧了那張照片，然後離去，有些則仍搖頭，說：「誰准你招魂的，沒事把大家叫來替你找人，你算老幾，你打擾到我們了！」

「抱歉、抱歉，是小弟不對。」田叔也恭恭敬敬地向那些遊魂鞠了躬，指著廟旁的一條長桌，說：「小弟一份心意，請笑納。」

長桌上擺著許多盤子，盤子上有整理好的紙錢和祭品，那些遊魂排著隊，領取那些祭品。他們會將水果、食物等祭品取走，然後把他們的名字告訴一名少年，那少年發著抖，寫下他們的名字，再將寫有名字的小紙條夾在盤上的紙錢上，再交給另一名少年拿到廟旁的大金爐焚燒。那些寫下名字的遊魂就會得到一筆冥錢。

「幹！田叔太屌了吧，不但黑白兩道都吃得開，連靈界的朋友都一拖拉庫，我越來越崇拜他了！」嘉宇臉色青白地倚在廟門邊，看著廟外空地上如此陣仗，笑著對身旁的小滅這麼說。廟中少年們經過田叔施法，都能夠看得見這些遊魂。

小滅比嘉宇更加虛弱，本來聲音高亢的他此時喉頭發啞——三天來幾個資深少年開爐出竅了兩次。小滅冷冷笑罵：「爲了一個柏豪搞這麼麻煩……他算什麼東西，等他回來，有他好看……」

「柏豪現在是田叔的心肝寶貝，你要動他喔。」嘉宇嘿嘿地笑。

「田叔看走眼啦，開爐開得久又怎樣，一開就不回來了，那個雜種，有種就一輩子不要回來。」小滅凶狠地朝著廟門搥了一拳，也是虛軟無力的一拳。

「咦？」嘉宇指著遠處閃耀起一陣青森森的光芒，呢喃地問：「那什麼東西？」

「鬼火？」

「不……好像是車燈？」

「車燈哪有這種顏色的？」

廟裡向外探看的少年們交頭接耳地望著那陣愈漸逼近的幽冥光火，那陣青森光芒更加靠近，他們看得清楚了，那是一票車隊。是瘋狗集團的車隊。

「幹，不是吧，鬼魂也有飆車族喔？」

「哇，他們長得好可怕。」

少年們有些擠在門邊，有些透過窗瞧，望見那車隊閃爍著迷濛黯淡的車燈緩緩逼近，不由得有些緊張。當中有兩個少年以前也是飆車族，見了這車隊騎的都是重機而非小五十改裝，倒也有些羨慕。

田叔見了那車隊氣勢，也有些驚懼，後退了兩步，用手指敲敲長桌，說：「待會兒機靈點，東西給多一點。」幾個少年點點頭，將幾盤糖果、祭品疊得更高些，冥紙也多放上兩疊。

「是你在叫我們？」那車隊駛近田叔身旁，當中一個嘍囉問：「找我們幹啥？」那嘍囉邊說，邊露出了凶惡的表情。他的臉上有一道深長的疤，當他面露凶相時，那道疤便滲出了黑色的血。

「啊……這個……小弟我……小弟……」田叔身子發著抖，支支吾吾地說：「這……這是一場誤會，是一場誤會，小弟想找個人，所以……所以想向各位兄弟打聽一下……」

「什麼？」那嘍囉愣了愣，聲音尖拔起來：「用大招魂咒找人？你他媽的現在地上找人這樣找的？幹，你知不知道我們在地下很忙啊！」

「地下？」

田叔讓那嘍囉鬼的樣子嚇得退了幾步。他對這陰間、神界的種種情事其實瞭解不多，他懂得的法術大半是從前他父親教他的，他父親寄望他將來繼承這間廟，繼續主持奉靈宮，供附近居民平日上香祭祀，節慶時辦個大法庇祐鄉里。但田叔早早便對這樣的無聊人生感到不耐，二十出頭便出外遠行闖蕩，倒是在其他地方東學些旁門小法、西學點左道小術，那些迷魂小術幹不了大事，騙點小錢、女人倒還勉強過得去，這一混混了二十幾年，父親過世，他這才返家繼承祖產。

他想起了以往父親教他的道術，將它和他四處所學的旁門左道揉混成自己的偏門法術。那開爐術本是在廟中請神作法時，和神靈溝通方便行事，田叔將它改良成暗算他人、行竊盜取之用的邪術。幾年下來，他收了一群青少年作為子弟兵，又憑著三吋不爛舌，結識了一些老闆人物，當中最知名的，就是早年和田叔父親有點淵源交情的許先生。這些年奉靈宮的名氣比以前大了一些些，卻臭了很多很多。

田叔其實也從來沒使過這招魂大法，他早忘了這招魂大法必須在神壇祭祀之後，擺出結界陣、畫出金剛圈，在其中施法，有名、有姓、有生辰八字，才能調來紀錄、招得鬼魂，但柏豪未死，招魂法對他一點效用也無。田叔也異想天開，自以為這鬼魂招得越多便越有效用，也不顧老灰仔的反對，擺了個宴請四方孤魂野鬼的普渡大陣來招魂。

幾個車隊成員下了車，紛紛圍上田叔，後頭那還在車上的頭頭身穿皮衣、理著光頭，頭上有兩道疤，臉色青森凶狠，就是瘋狗集團的頭頭瘋狗。

「咦？這傢伙有點面熟耶！」車隊後頭一輛重型機車向前駛近，下來一個瘦瘦高高的鬼，留著一頭鬈髮，穿著寬大衣服。他舉起手指著田叔時，手腕露出一截，插出斷骨，這鬼是墜樓死的，身上斷骨亂插，便以寬大衣服遮掩。他來到田叔面前，撥開幾個嘍囉，搖頭晃腦地端詳了田叔好一會兒，終於開口：「喔，這不是阿田嗎？」

「呃？」田叔愣了愣，抬頭看著那個知道他名字的惡鬼，他全身冒著冷汗，口齒打顫，也認不出眼前這面歪嘴斜的慘死鬼究竟是誰。

「我是骨仔啊，以前那個跟你一起在牙哥那裡混的骨仔。」這叫骨仔的慘死鬼哈哈一笑，褪去了戾氣，看來不再那麼凶惡，面貌看來只才三十來歲。

「啊……骨仔……」田叔愣了愣，想起了這個以前和他一塊鬼混的傢伙，是十幾年前的事了。田叔連連點頭說：「我想起來了，我記得你……你被……」

「我被黑毛的人從樓頂扔下來，摔死啦。」骨仔呵呵地笑。

「對……對……」田叔連連點頭。

「骨仔，這人你認識？」瘋狗集團的頭頭瘋狗開口問，那骨仔連忙回頭應答：「他是我生前的朋友，他爸是個廟公，他懂點法術。」

「附近的鬼都是你招來的？」瘋狗問。

「是……是……」田叔嚥了口口水答：「我想找個人，我乾兒子走丟了……」

「瘋狗大仔，你看，這下好玩了。」一個戴著粗框眼鏡，看來像是個大學生的鬼上前向瘋狗遞上一只ＰＤＡ，指著那地圖上密密麻麻的紅色光點，跟當其中一個白色光點，哈哈笑著說：「滿街都是鬼，有個牛頭一動也不動，大概嚇傻了！」

「臭皮，你搞好啦？」瘋狗接過那ＰＤＡ，望著那大學生鬼。

「六台都搞好了，這東西很昂貴，脫手價保證超高！」那叫作臭皮的大學生鬼得意說著。

他那台ＰＤＡ便是瘋狗集團自牛頭大強和馬面保弟運送途中搶得的城隍府新型裝備，功能強大，各台ＰＤＡ之間還能互相鎖定方位。這大學生鬼發揮所長，將ＰＤＡ裡頭的定位零件拆去，變成了能夠監視餘下四台的所在位置而不會被另外四台鎖定的狀態，如此一來，瘋狗集團持著這ＰＤＡ，便能掌握阿武的所在位置，阿武卻不知道瘋狗集團的位置。事實上，阿武對這新分發的ＰＤＡ當中百分之九十五的功能都不大熟悉，他只會將它當作手機使用，或是按照小地圖上的紅點點來抓鬼，當他不會使用某些功能時，就拍打著說壞掉了。

「這樣倒不錯，鬧得越大越好。」瘋狗哼了哼，罵：「底下那些條子抓了我們好多人，一堆臭鬼都幫著那群條子，我們乾脆在地上逍遙自在。」

「但是……但是在地上，到了白天，很熱呢……」瘋狗背後一個濃妝艷抹的女鬼開口說。

骨仔聽老大瘋狗的馬子那樣說，便問田叔：「阿田，你那廟裡一點神味都沒有，是不是裡面神像沒開光？」

「有，以前有。」田叔也回頭望了奉靈宮一眼，有些心虛地說：「我後來動了點手腳，封住了。」

「看在老朋友份上，招待我們一陣子如何。」骨仔笑著說：「瘋狗哥你應該也聽過吧，大尾中的大尾。」

「聽過、聽過！瘋狗哥大名鼎鼎，誰沒聽過。」田叔壓根沒聽過瘋狗這名號，瘋狗被人斬死前，也不過是個比尋常小混混稍微大一些些的中混混罷了。

「不過……不過……」田叔對骨仔這提議倒十分爲難，他自然懂得一些驅鬼法術，但他從未見過一整隊結幫立派的鬼，且個個凶神惡煞、戾氣滿溢。但他轉念一想，突然又有了新念頭，他連忙打躬作揖地說：「別說老朋友，光是看在瘋狗大仔的面子，我阿田也是要賞臉的，來者是客、來者是客，有錢大家賺。」

「你想要我們幫你賺錢喔。」骨仔斜了田叔一眼，這老友的個性他當然也了然於胸。

「不是、不是！」田叔連忙搖頭，說：「五湖四海、陰間陽世，多交個朋友總是好的，對吧。小弟也懂些皮毛法術，瘋狗哥的面子是一定要給的，往後只盼瘋狗哥罩著小弟，有什麼甜頭，賞小弟嚐一口，小弟被人欺負了，也讓小弟能搬出瘋狗哥的大名嚇嚇他！」

「幹！你比我還會拍馬屁。」骨仔哼了哼。

「恁娘咧，你講什麼我聽都不太懂。」瘋狗瞪了田叔一眼，他罵歸罵，但也知道田叔將他捧得高高在上，不免有些得意起來，補上一句：「不過還挺爽的。」

「廟裡的神像都封眼了，請、請——」田叔向瘋狗鞠了個躬，手一揚做出了個「歡迎請進」的手勢，跟著親切笑著走在前頭，還回頭望著骨仔。

「你這朋友還有點用，不過他信不信得過？」瘋狗問著骨仔。

骨仔點點頭：「報告瘋狗大仔，這阿田不是什麼好東西，不過我諒他沒那個膽子耍我們啦。」

「瘋狗大仔，那間廟好像真的沒有神味，不過我們還有這個！」先前那學生鬼從他背包裡取出一個罐子，是個像是噴漆般的瓶裝物。「我花了好大工夫才弄到，很棒的東西。」

「好，骨仔、臭皮，你們先去探路，確定神像沒問題，我們就進去。」瘋狗這麼說，他們在陰間時常變換藏匿地點，如今來到了地上，進駐一間廟，倒挺威風神氣。瘋狗沒念過幾年書，此時十分佩服自己的決定，他說：「最危險的地方就是最安全的地方，那些鬼條子一定猜不到我們躲在廟裡。」他身後那些嘍囉們自然也對老大的結論一片讚賞。

「去去，沒你們的事，去房間打電動——」田叔大步走近奉靈宮，大聲吆喝，揮著手驅趕那些擠在門邊看熱鬧的少年們，然後領著骨仔和那叫作臭皮的學生鬼進了奉靈宮。

神壇上面的神像看來和一般神像沒有太大差別，但此時惡鬼進廟，卻一點反應也沒有。田叔取起一座神像，露出底座，底座貼著一道符，那是封住神像與天界聯繫的一種符術，自他從一、兩年前異想天開地打算將開爐術用來替自己辦事時，便將廟中大小神像全封了。

那叫作臭皮的學生鬼持著噴漆罐，又在每個神像臉上噴了些深紫色怪漆，這漆的功用同樣也是切斷神像與天界的聯繫。當他確定將供桌上每一尊神像及桌下的虎爺像通通遮了眼後，便向廟外的同夥揮了揮手，喊：「行了，進來吧！」

□

「田……田叔……」阿彥害怕地捧著兩大袋滷菜和一大袋烈酒，來到二樓開爐房的門外，低聲地喊。

田叔開了門，從阿彥手中接過滷菜和烈酒。阿彥瞥見裡頭聚了一大群面目猙獰的惡鬼，不免膽戰心驚，其中一個瘋狗集團嘍囉和阿彥的目光對上，露齒一笑，露出一張血口，嚇得阿彥趕緊轉身下樓，他奔得急促，還摔了一跤，滾下好幾階，讓幾個少年拉回大廳。

「裡面情形怎麼樣？」嘉宇問。

阿彥揉著摔疼的身上各處，打著顫說：「看不清楚，每一個樣子都好恐怖，田叔倒是和他們有說有笑。」

「那當然，田叔又怎會怕鬼。」一個少年自作聰明地答：「田叔以前常說他交遊廣闊，在靈界也有朋友，以前我還不太相信，原來是眞的啊。」

又一個少年問：「田叔招那麼多鬼上來，只爲了找柏豪喔，柏豪到底跑去哪裡了？

田叔不是要帶他去見許先生嗎？」

「那個沒種的膽小鬼沒用啦，之前沒他在，我們不一樣過得好好的？」小滅哼地一罵，大夥兒頓時安靜許多。但和柏豪未到之前相比，少年們似乎不再那麼唯小滅是從了，畢竟以前的小滅除了聲音大、脾氣大之外，某方面而言，小滅便代表了田叔；但現在情形不同了，小滅不再是開爐室裡第一把交椅，那威望便降低了些，這讓小滅感到一種說不出的不痛快。

「鹽酥雞買回來了。」兩個少年提著袋子步入廟裡，大夥兒聞到香味，群聚而來，但也不敢上前討要，那是拿要給樓上那些「朋友」享用的。大夥兒想阿彥不過拿了滷菜上樓，便給嚇得臉色發白、摔得全身烏青，此時便你推我讓，誰也不願拿上樓去，和以往那「神將團」的威風氣勢相比，可差了十萬八千里。

「一群膽小鬼，給我！」小滅搶過那兩袋鹽酥雞，哼哼地上了樓，磅磅地敲了門，也不等田叔應門，便推開了門。他早有準備，見了一房間惡鬼，心中當然驚恐，但仍強作鎮定，將那兩大袋鹽酥雞提到小方桌上。他見到小方桌上擺了滿滿的滷菜和酒，居中一只小香爐插了數炷清香，一群瘋狗集團的混混早已大吃大喝起來，見這小滅居然不怎麼怕他們，紛紛做出最恐怖的鬼臉朝他齜牙咧嘴。

「你這小弟不錯。」瘋狗看著小滅，對田叔說。

「對、對……」田叔笑著說：「我的大徒弟，跟我很久了，很棒、很棒。」

小滅不作聲，但心自然不免有些得意，他望了角落那躺在蓆子上的柏豪肉身一眼，卻啊了一聲，那蓆子是空的，柏豪的肉身消失了。不，柏豪竟是混在眾混混之中，和他們一同喝酒吃菜，小滅大叫：「柏豪，你死去哪了？」跟著就要上前揪柏豪的領子。

「別驚、別驚！」田叔連忙揮手要小滅別吵，他解釋說：「不是柏豪啦。」

小滅呆了呆，望著眼前那傢伙分明就是柏豪。柏豪嘿嘿一笑，回到蓆子那端坐下，跟著抖了抖，骨仔從柏豪身體裡竄了出來，柏豪的肉身便又像是之前一樣，軟綿綿地癱倒。

「不錯耶，感覺很棒。」骨仔扭了扭脖子，向瘋狗報告：「感覺就好像……又活了起來一樣。」

「真的嗎？」「我也來試試！」「我先！」一群瘋狗集團混混搶著要去依附柏豪的肉身。田叔在一旁倒看得心驚膽戰，生怕他們弄壞了柏豪的身子，弄壞了自己的搖錢樹，但他又不好忤逆瘋狗，只得陪笑安撫說：「別急別急，一個一個上……」跟著他對小滅說：「小滅，這裡沒你的事了，先下去。」

小滅點點頭，雖然他對柏豪有些反感，但見到柏豪的肉身像癱爛泥般讓眾惡鬼拉來扯去，當作玩偶一樣戲耍，也不免感到有些心驚，生怕再不走，就要輪到自己了，便趕緊出房，悄悄地關上門。

「眞的跟眞人一樣。」瘋狗望著一名嘍囉附上了柏豪的肉身，手舞足蹈著嬉鬧，轉頭問田叔：「你剛剛說的開爐術，就是讓人靈魂出竅？」

「對、對……」田叔連忙點頭，又說：「許先生對小弟這法術很感興趣，本來我明天要帶我這乾兒子去見許先生，想說以後替他辦些事，看能不能撈點油水。」

「許先生啊！」「阿田，看不出來你認識許先生！」骨仔等鬼起著鬨，他們有些死去三、五年，有些死去十年出頭，而在他們生前，許先生便是國際知名的富商了。

「是、是，至於爲什麼鬼附在柏豪身上就完全……完全感覺不到鬼氣，其實我也不大清楚。」田叔抓著頭說。

「依我的看法呢。」那叫作臭皮的大學生鬼推了推眼鏡，這麼解釋：「如果附在一般人身上，只是附著他們的皮肉，他們的魂還是跟軀體緊緊連著；但生魂離體的肉身，才是眞正地空了，鬼魂這時候附上去，才是眞正的附身，應該說，眞正像是一個完整的活人。」

臭皮說完，大夥兒靜了靜，也不知道是聽懂了沒。瘋狗揮了揮手說：「不管那麼多啦，反正就是這樣，附在這小子身上，就跟眞人一樣。」

「就是這樣、就是這樣……」田叔搓著手接話，他猶疑了一會兒，終於把想說的話說出口：「瘋狗大仔，本來我才想說，請瘋狗大仔派一兩個小弟附在柏豪身上，一同去見許先生，從他身上撈點油水，有錢大家賺，看瘋狗大仔在底下缺什麼，小弟通通燒下去。」

「你還挺會打算盤的，不過我有更好的主意。」瘋狗瞥了田叔一眼，想了想，突然嘿嘿笑了起來，將自己的想法說給大夥兒聽，一群嘍囉歡呼起來，拍手叫好。

田叔卻越聽越是哆嗦，冒出一身冷汗。

□

俊毅默默無語，站在高樓樓頂牆沿向下探望，街上的遊魂是正常時候的十數倍之多，且大多是未持有陽世許可證的鬼。幾個牛頭馬面四處持著擴音器驅趕那些鬼，將他們從各個與陰間相連的洞孔、隧道、車站趕回陰間。

「我這邊處理得差不多了。」牛頭大強以手機通知俊毅。

「我這邊也差不多，但比較麻煩的是有些傢伙本來就有陽世許可證，不甩我，非得抓到了才把證件拿出來，很浪費時間！」馬面保弟氣呼呼地傳來消息。

「繼續，趕完了的去支援其他兄弟。」俊毅掛上ＰＤＡ，望著天空，若有所思。

阿武走來俊毅身後，氣憤地說：「幹，小歸剛打給我，他說他有消息，幾個城隍聯手要整你。」

「我想也是。」俊毅望著遠方。「閻羅殿傳來公文，要我把瘋狗集團的人跟車子都上繳，我猜繳了上去，人跟車子又會歸隊了。」

「幹！哪有這種事！」阿武恨恨地說：「乾脆以後逮到他們，揍得魂飛魄散，繳回去也沒用了。」

「現在底下不滿我們的人太多了，就算我們沒擋著他們的財路，就算我們河水不犯著井水，但如果我們不跟他們一起貪、一起髒，他們看在眼裡也會不爽，因爲那樣會對比出他們的低劣。當初司徒史就是這樣搞掉好幾個清廉的城隍。我以爲弄掉司徒史，底下的情形會有所改善，但我想我錯了，底下滿滿都是司徒史。」俊毅長長吁了一口氣。

「我管他什麼司徒史還是臭狗屎，他們要整我們，我們就……就……」阿武恨恨地罵，但他從來也不是什麼足智多謀的聰明角色，氣憤地「就」了半天，最後也只好說：

「就幹回去，幹死他們！」

「你胃口眞好。」俊毅白了阿武一眼，說：「我得想想其他方法，現在我們孤立無援，其他城隍府排擠施壓、閻羅殿冷漠以對，我擔心如果瘋狗集團那批傢伙也上了陽世，四處搗亂，搞出人命什麼的，那可麻煩，我這城隍職位恐怕不保了。」

「那正好，他們眞的上來，我們正好可以請特勤隊支援一起幹死他們！」阿武哼哼地說。

「那當然是最好的狀況，但現在的情形未必這麼樂觀，我發出去的公文通通被閻羅殿壓了下來，城隍直接告天庭，那也不妥當，沒有直接證據，只會落人口實，說我們無理取鬧。」俊毅搖搖頭，補充說：「現在首先要做的，就是找出那個不停招魂的法師，他很可能和底下那些傢伙有勾結。」

「找到之後，揍他一頓。」阿武握了握拳，見到俊毅又瞪他一眼，知道陰差不能對陽世活人施暴，便說：「當然不是我們出手，我找王仔幫忙。這類專搞旁門左道的法師平時一定不守規矩，說不定家裡神壇有違建，或是吃喝嫖賭什麼的，找到他的把柄釘死他。」

俊毅想了想，說：「現在也只有如此了，不過不一定要打草驚蛇，如果能夠找出那法師和底下勾結的證據，那樣最好。」

□

「開門！開門、開門！」

奉靈宮鐵門磅磅地響個不停，王智漢叼著菸，看著手中那張照片上的少年穿著制服、面露微笑——是柏豪。

老陳跟在王智漢身旁，他本來有些不安，但見王智漢大力拍門，也算是壯了膽，跟著一起拍門。

「幹！誰啦？」一名少年緩緩打開鐵門，猶疑問著。

「叫你們老大出來，有人檢舉他拐騙未成年少年逃家。」王智漢將那只揭開一些的鐵門推得更開，也不等那少年反應，便大步走進奉靈宮，喊著：「阿田！出來——」

「誰啦！」田叔自二樓開爐室下來，一見王智漢，先是一愣，跟著堆起笑臉問：「是王仔，什麼風把王仔吹來了？有什麼事小弟可以效勞的？」

王智漢抖了抖菸灰，說：「我懷疑你誘拐未成年少年逃家，別找理由說他們自願，就算是自願那也是和誘罪，未滿十六歲，是更重的略誘罪。你不要裝傻，我有證人，你現在馬上跟我回局裡。」

「王仔……」田叔收去笑容，說：「飯可以亂吃，話不能亂講，哪個人見到我拐小孩子了，出來跟我對質。」田叔見到王智漢身後跟著的老陳，便指著他說：「是不是你，你是誰？你哪隻眼睛看到我拐小孩了？」

「陳柏豪是不是在你這裡，他是我兒子，有人看見他來你這裡了。」老陳大聲應答。

田叔頓了頓，面無表情地搖頭。「你說誰，我沒聽過，我這裡沒這個人。」

「叫你這裡所有的小孩出來，一個一個問。」王智漢大聲說。

聽見了騷動的少年們自鐵皮屋擴建宿舍那方向探頭出來，見了是王智漢，不免驚訝地嚷嚷：「幹！又是那個臭條子！」「煩不煩啊！」

「王仔，你有沒有搜索令？」田叔朝著王智漢伸出手，做出了個「拿出來讓我瞧瞧」的動作。

「搜你個頭。」王智漢哼地一聲，一步上前便抓住了田叔的胳臂，說：「我就是來抓你的，人就在這，要什麼搜索令？」王智漢確實曾向長官申請搜索令，但未被批准。

「喂！王仔，你沒搜索令怎麼可以強行進我家裡！」田叔讓王智漢以擒拿手法拗著手腕，疼得大喊。

「幹！臭條子在欺負我們田叔。」「條子了不起啊！」少年們一見田叔讓王智漢給抓了，驚愕之餘一個喊一個，全衝了出來，在廟堂正廳，將王智漢和老陳團團圍住。

小滅抄起一張椅子就朝著王智漢砸去，王智漢以手臂硬是擋下這一砸，自然痛極。他暴聲怒喝：「小鬼你敢襲警！」他這麼喊的同時，也加足了力道拗田叔的手腕，叱著：「叫你這些小鬼讓開！讓開！」

「哇！」田叔痛得哇哇大叫，話都說不上來，只得一臉痛苦地不停擺手，要那些少年們退遠些。

「你有什麼話，到了局裡再說；要投訴我，也到局裡再說。」王智漢哼了哼，鬆開田叔的手，拍了拍腰間的槍，又拍了拍手銬，望著田叔，說：「你要自己走，還是我——」

王智漢話沒說完，突然抽拔出槍，高高舉著，將一票少年嚇得全退後一大步，田叔也駭然大叫：「我自己走！我自己走！」

王智漢嘿嘿一笑，神情古怪，狠狠地以槍柄朝著自己的腦袋磅地一敲。

田叔嚇得跌倒在地，連忙後退，只見王智漢又磅磅地以槍柄朝著自己腦袋猛敲數下，他頭歪斜一邊，額上的傷口急速淌下了鮮血，染了一臉紅。

「王小隊長！」老陳同樣駭然大驚，想要向前阻止王智漢自殘，突然身子一震，眼神登時改變，哈哈大笑起來。

田叔愣了愣，這才會意，連忙朝著四周拜了幾拜。「謝謝瘋狗大仔。」

「哈哈哈哈！」瘋狗領著一票嘍囉自天花板落下，饒富興味地盯著王智漢，嘿嘿笑著說：「想不到會在這裡碰到王仔啊。」

田叔咦了一聲，問：「瘋狗大仔，你也認識王仔啊？」

「這王八蛋以前一天到晚找我們麻煩，不是他地盤的事他也要管，抄了我們一堆貨，還開槍打死我一個兄弟。」瘋狗一面說，一面抓住了王智漢頸子，將他提了起來。那附在王智漢身上的嘍囉，還操使著王智漢的身體搖頭晃腦、嘻皮笑臉；跟著，瘋狗將王智漢一把扔在供桌上，將供桌上香爐神像轟地砸爛一片。

「哇、哇……瘋狗大仔，手下留情啊……」田叔見到自己廟中供桌給這麼一砸，登時毀了一片，趕緊出聲安撫。「瘋狗大仔，王仔死在這裡，會很麻煩，不如……不如……」

「我知道。」瘋狗點點頭，對那個自傾倒了的供桌堆中爬起的王智漢說：「找個偏僻的地方把他做了，就用他自己那把槍。」瘋狗這麼說，突然又想到了什麼，嘿嘿地笑說：「對了，不如去他家吧，讓他在家裡自殺。不，這樣不過癮，你先作掉王仔老婆跟女兒，然後再來才是王仔，以前我就說過要把他全家殺光的，你知不知道他家在哪？」

「沒問題。」附在王智漢身上那傢伙是骨仔，骨仔以前和田叔是舊識，也吃過王智漢的虧。他在王智漢身上夾克口袋裡掏掏摸摸，翻出了皮夾和記事本，記事本中有自家地址和電話。骨仔收去手槍，以袖子抹去臉上鮮血，大搖大擺地離去。

「啊，還有這傢伙，瘋狗大仔，也請你派……派個小弟幫幫忙。」田叔指著老陳，說：「我乾兒子就是他兒子，只要弄掉他，就沒有什麼人和我搶柏豪了。」

「弄掉他？怎麼弄？」那附在老陳身上的嘍囉鬼，用手指著自己，嘻嘻哈哈地說。

「既然同在一條船上，你幫我、我幫你，也是應該的。」瘋狗點點頭，指了指那附在老陳身上那嘍囉鬼說：「幫阿田處理掉這個，滾遠點死啊，別讓人賴在阿田身上啊。」那嘍囉鬼也立時答應，附著老陳離開了奉靈宮。

廟外空地夜風清涼，由於招魂儀式已經停止，四方鬼魂便也不再群聚而來，而是散落各地遊蕩、閒晃。

老陳呆滯走著，他的身體裡附著一隻瘋狗集團的嘍囉鬼，那鬼遵照著老大瘋狗的指示，附著老陳的身體不停走，走出了空地，走過了街道，要找個沒人的地方解決老陳。

「咦？咦？」柏豪遠遠望著老陳，百思不得其解，在這之前，他一直跟著老陳，跟著老陳上那網咖，跟著老陳與王智漢會合，但他跟到了奉靈宮附近時，卻心虛地躲在遠處不敢靠近。他知道田叔一定會看見他，他十分心慌，他不知道老爸在裡頭和他們談了些什麼，知道了些什麼，但他此時見到老陳走出了奉靈宮，卻仍不敢逼近，他隱約見到老陳身上重疊著一個怪異的傢伙。

「那是誰？怎麼貼在我爸身上？」柏豪遠遠跟著，此時四周遊魂不少，那附在老陳身上的嘍囉鬼也沒發覺柏豪遠遠跟著他，而自顧自地走。他找著了一棟破舊而無外門的公寓，上樓，一直來到了頂樓，他按著牆往下看，呢喃自語：「才四樓，不知道摔不摔得死耶……啊沒差啦，摔不死就再跳一次。」那嘍囉鬼一面自言自語，一面附著老陳的身翻過牆沿，踩在頂樓住戶的窗戶鐵簷上。

「你做什麼！」跟在後頭的柏豪再也按捺不住，即時飛撲，攔腰抱住老陳，將他往後拉。

「幹！你是誰？」那嘍囉鬼反手一肘打在柏豪腦袋上，破口大罵。

「你……你又是誰，你幹嘛要害我爸？」柏豪死命拉著老陳腰身，老陳的身子不停掙動，將腳下的鐵窗窗簷踩得碰磅作響，惹得附近鄰居紛紛開了燈，探頭來望；甚至是附近的遊魂也注意到了這兒發生的事，紛紛聚近。

「救命啊，救命——」柏豪大聲求救，奮力揪著老陳夾克，想要將他拉回圍牆內。

「你靠夭喔，你就是那個什麼豪喔？」那嘍囉鬼當然也是盡力想要掙脫柏豪，完成老大交付的任務。他猛然向後一仰，仰出老陳的身子，後腦轟地砸在柏豪的臉上，柏豪給這麼一撞，右手一鬆，老陳的身子便側過了一邊，左腳還踩著頂樓住戶的鐵窗窗簷，右腳已經懸空。

「救命啊！」柏豪尖叫著，一手抓著老陳的胳臂，另一手連連搥打著那嘍囉鬼。嘍囉鬼索性竄出老陳身子，飛繞到柏豪背後，一把勒住了柏豪頸子，柏豪只能反手抓住了那嘍囉鬼的頭髮。「救命啊——救命啊！」

「有人要跳樓啊！」「快報警！」四周鄰居住戶們紛紛騷動，燈一盞一盞地開了。

「那邊鬼打架啊！」「嘩，有一個是活人啊！怎麼回事！」遊魂們也群聚更多，有的出聲大喊：「你們在幹嘛？亂搞活人很嚴重的！」

「閉嘴啦——」那嘍囉鬼眼見僵持不下，便從口袋裡摸出一把小刀，噗地刺進柏豪後腰。

痛——雖然沒有眞實肉身那樣被刀刺入的疼痛，但也夠痛了，至少也有肉身的七、八成痛。柏豪「啊」地哀嚎一聲，但他一手還是緊緊抓著老陳的胳臂。老陳在那嘍囉鬼離體之後，逐漸清醒，他見到自己竟站在鐵窗窗簷邊緣，也是駭然大驚，但他怎麼也搆不著牆沿；他的身子斜斜搖晃，唯一的支撐是右手臂被個看不見的東西抓著，他勉力要去攀抓牆沿，突然見到一張鬼臉貼近他，是那嘍囉鬼現身嚇他。

「哇！」老陳驚駭之餘腳下一滑，身子「唰」地一矮，兩隻腳都落在窗簷之外，身子懸空晃蕩。

「救命啊——」柏豪驚恐叫著，後背噗嗤噗嗤地又給捅了兩刀，跟著胳臂也給劃了兩刀，他奮力揮手撥打嘍囉鬼的小刀。

「煩死了！」那嘍囉鬼哼地一刀插在柏豪後背，跟著一低身，抱住了柏豪雙腿，將柏豪也翻摔出了牆沿。

「啊——」附近的住戶同時發出了尖叫，他們見到老陳的身子摔出了窗簷，然後墜下。

柏豪在空中甩手蹬腳，在極短暫的那一瞬間，他和老陳的目光相對，他覺得老陳似乎看見了自己，但來不及細想太多，緊跟著的是那瞬間的墜落，一秒，或是一秒半，他整個人已經轟地摔砸在柏油地上。

「啊！」柏豪立即翻身跳起，驚恐地四處探望，跟著他低頭，老陳就在他腳邊，用一種怪異的扭曲姿勢癱貼在地面，一動也不動，一些濕濕濡濡的暗色液體從老陳變形的頭部蔓延擴散開來。

「啊啊——」柏豪發出了尖叫。

「幹！」那嘍囉鬼自頂樓躍下，碰地將伯豪踹倒在地，踩著他後背，拔出了他背上的刀，跟著又揍了他後腦好幾拳，這才拉著他的後領將他提起，嘴上還不停罵著：「混蛋小子，剛好把你抓回去給瘋狗大仔。」

「啊啊！」柏豪猛力掙扎，扭過身子朝著那嘍囉鬼的腦袋一陣暴打，但他的生魂狀態連日來耗弱不少，不再像起初那樣活力充沛，加上又給那嘍囉鬼捅了許多刀，力氣更弱了些。那嘍囉鬼給柏豪揍了好幾拳，勃然大怒，又是一刀插在柏豪的肩上，將他壓倒在地，朝著他的臉也狠狠搥了許多拳。

「倏——」一張大網凌空飛射下來，將那嘍囉鬼和柏豪緊緊捆縛。

「啊！」馬面保弟拿著那把能射出大網的槍轟然落地，見了老陳慘狀，先是一呆，跟著又見到網中的嘍囉鬼，可是大怒，碰碰地踹了他好幾腳，接著趕緊撥打手機，急促地說：「俊毅老大，不好了啦，鬧出人命了！是瘋狗集團的雜碎幹的，他們果然上來了！」

□

深夜的巷道靜悄悄的，青森的路面上拖著長長的影子，幾個遠遠地掛在街燈上的遊魂，對著那大步走著的男人背影指指點點，因爲他們在那男人背影上看見了另一個身影——骨仔的身影。

骨仔猙獰笑著，他所依附著的王智漢便也同時地猙獰笑了起來。

「那個老兄，你附在活人身上，小心被牛頭、馬面發現啊！」「你這樣不行耶。」「喂，有沒有聽到啊。」那些遊魂出聲提醒。

王智漢的面孔扭曲，回頭瞪了那些遊魂一眼，不屑地冷笑。

骨仔哪裡理會那些傢伙，繼續附著王智漢的身，大步走著。他在一處公寓前停下腳步，取出外套口袋裡的記事本，瞧了瞧門牌，確定無誤，便取出鑰匙，胡亂試了半晌，這才試出自家公寓大門的鑰匙，開門進去。

跟著，他開了住家鐵門，又開了木門，客廳昏暗，平常這個時候，王智漢的妻女和兒子都睡了。

「哼哼、嘿嘿……」王智漢連鞋也沒拖，便拉開玻璃門踏入客廳。他站在客廳中繞了一圈，大剌剌地倒坐在沙發上，時間還有很多，他一點也不心急。

「回來啦。」許淑美揉著眼睛，步出睡房。

「……」王智漢望著穿著睡袍的許淑美，眼神閃爍著詭詐的光芒。

許淑美不是刑警也不是靈媒，又哪瞧得出漆黑客廳裡老公的眼神有異。她只是去廚房倒了杯水，先自己喝了兩口，又將水倒滿，拿到客廳，擺在桌上，拍了拍王智漢大腿，說：「又碰到麻煩的案子啊？」

「嗯。」王智漢點點頭。

「別太晚睡。」許淑美打了個哈欠，要起身回房，卻讓王智漢一把摟住了腰，拉回沙發。

「討厭，你幹嘛啊？」許淑美推了王智漢一把，跟著看看兩個孩子的房門，低聲說：「很晚了啦！」

王智漢也沒應話，只是嘿嘿了兩聲，雙手便不安分地要往許淑美睡衣裡伸。許淑美啪地打開了他的手，卻又低聲說：「回房間啦，被孩子看到多不好意思！」

「好。」王智漢呵呵笑了，站起身來，一面脫下了外套便往沙發一扔，跟著又拖了鞋，且開始解襯衫的釦子。

「你沒脫鞋就進來！」許淑美低聲罵著，替王智漢將鞋扔出了陽台，又將外套拾起，跟在後頭，再接住了王智漢隨手一拋的襯衫。

兩人一前一後進了房，王智漢躺上了床，蹺著腳，玩弄著手上的配槍，賊兮兮地望著進門的許淑美。

「你吃錯藥喔。」許淑美對丈夫不尋常的舉動感到納悶，但也沒想太多，一面將丈夫的外套、襯衫掛在該掛的地方，一面講著兒女瑣事。最後她佇在床邊，撥了撥頭髮，頓了頓，嗔怒地說：「死人，你不洗澡喔！」

「幹嘛洗呀——」王智漢用一種十分討厭的語調這麼說著，這當然不是王智漢平時的說話語調，這是骨仔生前死後一貫的賤樣。

「呿，我幫你放熱水。」許淑美呵呵笑著，轉身進了主臥室廁所，開了燈，旋開熱水，回頭說：「快進來。」

「好啊寶貝。」王智漢嘿嘿笑著，下床走去，細碎地呢喃自語：「嘿嘿，王仔，你聽見了，是大嫂這麼吩咐，小弟就不客氣了。」

「啊！」許淑美藉著廁所燈光，這才看清楚王智漢臉上的血污，驚駭地嚷嚷：「你怎麼搞成這樣？發生什麼事了。」

「沒事、沒事，來洗澡喲。」王智漢對許淑美眨了眨眼睛。

「你的血還在流，你流太多血了！」許淑美見到王智漢臉色蒼白，嘴唇也發青，額角上的破口還淌著血，急忙地抽著廁所衛生紙，要替王智漢擦拭，一面急促細問：「到底發生了什麼事……不行，這樣不行，你要去醫院，你流太多血了，快穿衣服，我帶你去！」

「我不要穿衣服，我要脫衣服！」王智漢嘿嘿地將褲子也給脫了，跟著一面扯著下身那件四角褲，一面伸手要扯許淑美的睡衣。「快快快、脫光光、光溜溜、滑溜溜——」

「！」許淑美突然後退一大步，退出了廁所，滿臉狐疑地問：「你……你不是我老公，你是誰？」這時王智漢的聲音已經與平時完全不同，骨仔興奮之餘，便完全以自己的語調和態度說話了。

「我不是妳老公是誰啊，看仔細呀，寶貝兒——」王智漢呵呵笑著，就要追出廁所，突然他身子向後一縮，廁所門轟地重重關上。

「老公、老公！」許淑美此時卻又著急地上前敲門大喊。

廁所當中，王智漢呆呆坐倒在地，仰頭望著廁所當中那兩個糾纏在一起的傢伙。

一個是骨仔。

一個是牛頭。

「張曉武！」王智漢愕然喊叫出聲：「你怎麼會在這裡。」

阿武此時是作牛頭裝扮，力氣比骨仔大了十倍不止，一手捏著骨仔嘴巴，一手拗著骨仔胳臂，低下身子，對王智漢說：「別嚇著大嫂，我等會兒下來，有急事找你。」阿武一面說，一面拉著骨仔一躍不見。

「老公、老公！」許淑美還敲著門，廁所門突然開了，王智漢摀著頭走了出來，低聲地說：「別吵醒了孩子。」

「到底怎麼回事？」許淑美拉著王智漢的手臂，驚恐哽咽地問。

「嗯……」王智漢坐在床沿，歪著頭想了想，說：「被一個小混混拿棍子敲了幾下，沒事……」

「你流好多血，一定要去醫院。」許淑美相當堅持。

王智漢也感到有些虛弱暈眩，他點點頭，上廁所檢視了一會兒傷口，要妻子拿來紗布，簡單地包紮一番，但他還得等著阿武，便說：「我先坐一下，休息一下，我想喝點水。」

「好，我去給你倒水。」許淑美連忙出房倒水。

「張曉武，你在不在？」王智漢站了起身，低聲問著。

「來了、來了。」阿武旋即現身，手上提著已給五花大綁且鼻青臉腫的骨仔。

「這傢伙是誰！」王智漢愣了愣，一時也認不出這個很久以前逮過的臭混混，又問：「怎麼回事？我怎麼……在家裡，我不是……」

「一下子講不清楚，你先上醫院，別讓大嫂擔心。」阿武見到許淑美拿著水杯進房，便這麼說。

「穿好衣服，我帶你去醫院。」許淑美將方才掛起了的襯衫和外套取下，開了燈檢視，這才見到外套和襯衫上也沾有許多血跡，便取了新的衣服讓王智漢換上。

「我自己去醫院就行了。」王智漢這麼說，解釋著：「不曉得是不是新的仇家，家裡沒有大人，我不放心。」

「可是……」許淑美愣了愣，明白王智漢擔心孩子，但她也不放心讓王智漢一人出門，當下不知所措。

「妳放心，我到了醫院會再打電話給妳，頭上都是小傷，縫兩針就沒事了，我會儘快回家。」王智漢重新將配槍、手銬都帶上，又在許淑美臉頰上親了一下，跟著出房。

「爸，這麼晚了又要去抓壞人啊？」王智漢兒子王劍霆揉著眼睛倚在睡房前問。

「壞人永遠也抓不完。」王智漢回頭，笑了笑。「但是如果停下來不抓，會多到滿出來喔。」

□

「到底是怎麼回事？」王智漢走下樓，發現自己的車胡亂停在巷子路口正中，那是骨仔惡意搗蛋，所幸此時是深夜，無人經過。王智漢打開車門上車，阿武將骨仔也塞進車裡。跟著，他將他那台重型機車自巷角牽出，向王智漢展示一番，又「喝」地一聲將那台機車舉了起來往王智漢車頂上扔。

「喂！」王智漢正發動引擎，見阿武動作粗魯，探頭向外喝著：「張曉武，你砸我車啊！」

「放心啦，碰不到的。」阿武吹了聲口哨，那重型機車像是漂在水中的皮球般嵌在王智漢的車頂，甚至還露出兩個大輪胎在王智漢車中，王智漢揮手摸了摸那輪胎，什麼也沒摸著。

骨仔雙手讓那骨銬反銬在背後，讓阿武粗魯地一推一扯，痛得哀嚎出聲，又讓阿武揍了幾拳。

「你現在也學會毆打犯人啦？」王智漢透過後視鏡，看見阿武頂著一顆牛頭，兇巴巴的模樣，便調侃說著。

「王仔，這傢伙上你身。」

「是嗎！」王智漢愣了愣，說：「我記得我在那間廟裡……嗯，你說他上了我的身，然後回到我家？」

「幹！這瘪三上你的身，想對大嫂……還好我及時趕到，不然……」

「喝！」王智漢猛地煞車，回頭怒瞪著骨仔，揚起手伸過前座座椅，朝著骨仔揮了幾拳，他碰觸不到阿武和骨仔，自然什麼也沒打到，只好氣憤地望著阿武。「幫我打死他。」

「遵命！」阿武對王智漢敬了個禮，又重重搧了骨仔幾個耳光，跟著說：「事情有點複雜，不過王仔你應該懂，我們在底下和其他城隍府相處得不好。」

「我懂，我可以體會。」王智漢哼了哼，重新發動引擎。

「那些城隍府聯合起來排擠我們，閻羅殿也幫著他們，我們孤立無援，那些城隍府還暗中煽動了一些飆車流氓到我們轄區搗亂，這傢伙就是其中之一。」阿武這麼說著，拍了拍骨仔的臉。

「然後呢？怎麼鬧上陽世，怎麼會牽扯到我？」王智漢不解地問。

「這又是另一件事了，現在地上有個不知道是法師還是何方神聖的傢伙在施展招魂術，把一堆底下的人都弄了上來，搞得現在滿街都是鬼。嗯，你不用東張西望，你只看得見我跟這瘋三。」

「你要我幫你對付那個法師？」王智漢看了看後照鏡。

「是啊，我們會找到那個傢伙，但陰差動不了凡人，你得想想辦法整整他，不然我們趕下去兩個又跑上來三個，很快就會天下大亂了。」阿武這麼說。

「你把我想得太偉大了，我也不過是個孤立無援的警察，你們至少一整個城隍府上下同心，媽的我一個人單打獨鬥，連直屬長官都不挺我、刁難我，找個失蹤小鬼都沒辦法好好找，搜索令都不發給我……啊！」王智漢連連抱怨，突然一驚，想起了老陳，趕緊急急轉了個彎，朝著奉靈宮的方向駛去。「我都忘了那先生還在那鬼地方，一定被阿田整慘了！」

王智漢不時望著後照鏡，簡單解釋了他在奉靈宮發生的事。

阿武呆然半晌，朝著骨仔打了一拳，喝問：「你就是在那間廟裡附王仔身的，你在那裡幹嘛？你老大瘋狗也在那裡？」

骨仔被阿武揍了幾拳，呀呀叫著，拚命搖著頭說：「大哥，我……我什麼都不知道……我……我們莫名其妙就……跑去那裡了……」

「是嗎？啊！」阿武猛然一驚，又朝著骨仔霹靂啪啦痛打了一頓，恨恨地罵：「莫名其妙跑過去……那不就是施展招魂術的地方啊！就是那間廟！幹！你明明聽到我們對話，怎麼不吭聲！」阿武氣憤地搥著骨仔。

骨仔哭叫著：「唉喲！對不起啊，大哥，唉喲，我……我……唉喲，別打了！」

「你這瘪三，給我聽好——」阿武掐著骨仔的脖子，凶狠地在他耳邊說：「我問你什麼，你就回答什麼，到時候做人間紀錄時如果發現你說謊，你會比現在慘一萬倍，你他媽聽見沒有！」

「聽見了！聽見了，大哥！」骨仔顫抖地說。

阿武還想要威脅他幾句，西裝內袋的PDA手機響了起來，他接起聽了一會兒，說：「我這邊也逮到一個，是那個骨仔啦，對，就是那個瘋三，抓到了……什麼！又是那間廟！」

阿武掛上電話，急急問著：「王仔！你剛剛說你帶著一個大叔去那間廟找一個失蹤小孩？」阿武一面問，一面將PDA手機遞向前座，又問：「是不是這個小孩？」

王智漢瞥了瞥阿武的手機螢幕，也是一驚，上頭那少年半身照雖和老陳給他的照片有些差異，但也約略看得出應當是同一人，老陳的兒子──柏豪。他不解地問：「你們怎麼知道這小子？」

「他老爸掛了。」阿武緩緩地說。「跟你一樣，被這瘋三的同夥附身，跳樓死了。」

「喝！」王智漢全身一震，緊急煞車，眼睛怒瞪著後視鏡中的骨仔。

「小鬼生魂、瘋狗集團、臭法師、奉靈宮、招魂大法……這下子線索全湊齊了……」阿武嘆了一聲，看看王智漢，說：「王仔，你還是先去醫院吧，我看你快不行了。我有最新消息會通知你。」

第六章　日出前的挫敗

某棟高樓樓頂水塔底下，跪著兩個五花大綁的鬼，是骨仔和附身老陳的嘍囉鬼，他們哆嗦著，頭低低垂著，大氣也不敢喘一聲；柏豪蜷縮在一角，默然不語，他的身上還帶著給那嘍囉鬼捅出的傷口，此時顯得異常虛弱，神智迷糊。

俊毅和阿武站在骨仔和嘍囉鬼面前，馬面保弟則守在他們側邊，手上的甩棍搖搖晃晃，像是隨時都要落在那兩個瘋狗集團成員的腦袋上般。

「好了。現在情形大致上可以推斷出來了。」俊毅冷冷地望著兩個瘋狗集團成員，說：「你們受了哪些城隍煽動，我們早知道了，你們的同伴在底下都招了。你們會上來，是受了一個姓田的法師的招魂術影響，是不是。」

「是……是……」骨仔連連點頭。

「那個姓田的法師也會一種生魂出竅的法術，對不對。」俊毅指著柏豪，補充：「這小子說的，他就是讓那法師弄出竅的生魂。」

「對……對……」骨仔點頭。另一個嘍囉鬼補充：「我們也不清楚啊，我們才……才剛剛和那廟公搭上線而已……」

「陽世警察帶著少年的父親去找那廟公，本來不關你們的事，你們幫著趕人，甚至取人性命，嗯。你們談了什麼好事，那法師是不是也被底下的城隍收買了，他在地上搗亂，你們在地下搗亂？」俊毅冷冷地問。

「這……這我也不清楚，我們是被那法師招去的……」骨仔解釋著，但他見到保弟從口袋裡取出了一枚印章，知道那是做人間紀錄時的九官鳥印，一給印上，九官鳥便會將那人生平死後種種事情一五一十地說出來，無法隱瞞。

骨仔知道這批牛頭馬面恨極了他們，要是給發現自己說謊，那必然又是一頓暴打了，他莫可奈何，只好說：「俊毅大仔啊，我就老實招了，我們真的是……真的是第一次上來，本來和那廟公一點關係都沒有。不過……我們老大對他的法術很有興趣是真的，談了一會兒也是真的，我們……我們在你們地盤搞事，確實是……確實是某些城隍的意思，他們想要搞掉你的位置，他們說會罩著我們，鬧多大都無所謂，所以我們才……才……」

「才囂張到了一個幹恁娘的地步！」阿武恨恨地罵。

「是是……」骨仔點點頭，又說：「瘋狗大仔他……他想既然有其他城隍老大罩，就狠狠玩筆大的，他想……他想跟那個廟公合作，上一個大老闆的身。」

「上身何必跟廟公合作？」保弟插口問。

「不……不、不……」骨仔搖搖頭，看了看柏豪。

俊毅立時會意，說：「附在生魂出竅的肉身上，比附在一般人身上的五感要眞實許多，就像是活了一樣，而且能夠掩飾鬼氣，陰差不易察覺。」

「對……對……」骨仔點點頭，說：「要是附上那個大老闆的身，就等於變成了那個大老闆，瘋狗大仔……他……」

「他想要變成大老闆過過癮，所以找了那個姓田的合作，想利用他的出竅法術，得到那大老闆的肉身。」俊毅順著骨仔的話推斷。

骨仔點點頭，又說：「而且……瘋狗大仔還要那個廟公招出更多更多的鬼，搞得你們手忙腳亂，讓你們沒辦法全心抓他……」

「嗯。」俊毅點點頭，說：「虧他想得出來，他眞以爲幾個城隍會罩著他，那些城隍只要在他的死後紀錄動點手腳，把所有事全推到他頭上，他在十八層地獄別想翻身了。」

阿武用腳蹬了蹬骨仔，問：「瘋狗有沒有說什麼時候動手？」

「明天……明天晚上……阿田跟許先生約吃晚餐，就在許先生公司大樓裡。不，現在已經快天亮了，應該算是今天了……」骨仔怕阿武挑他語病，便將時間說得仔仔細細。

「離天亮還有一點時間，召集兄弟們，直接去廟裡逮人。」俊毅說，跟著他拿出PDA，發出了通知所有牛頭馬面的訊息。

五分鐘後，他沒有收到任何回訊。

「怎麼回事？」俊毅漸感不耐，按照他往常吩咐，牛頭馬面們收到了這類召集號令，必須儘快回覆訊息。

「壞了嗎？」阿武也取出自己的PDA，隨意撥給一個同僚，撥不通，跟著他又撥給牛頭大強，同樣撥不通，氣得大罵：「幹！又故障了！」

「不是故障……」俊毅看著PDA螢幕，神情有異。「出事了，所有兄弟的訊號都消失了。」牛頭馬面的PDA不論新型舊型，都有互相標示對方方位的功能，此時俊毅的PDA僅能夠收到阿武和保弟的方位標示。

「其他人咧？怎麼都不見了？」阿武聽俊毅這麼說，也愕然地看著自己的PDA螢幕，胡亂按著一些他還不太明白是什麼功能的按鍵，接著他叫了一聲，說：「出現了！」

俊毅和保弟也不約而同地說：「大強的訊號出現了。」他們見到螢幕上標示大強的訊號離這裡大約三公里，且閃爍著「危急」的圖示，這個圖示由PDA上一個獨立開關控制，提供牛頭馬面在情形緊急時作爲求救之用。

「阿武，快！」俊毅反應最快，已經來到阿武的重型機車旁，阿武也立時跟上，躍上重型機車，發動引擎。俊毅跟著上了後座，向保弟說：「帶著他們跟上來。」

「喔！」保弟答應一聲，左手攔腰抱起虛弱的柏豪，右手穿過骨仔和那嘍囉鬼反銬在背後的胳臂，將他們提了起來。兩個瘋狗集團惡鬼讓保弟這麼一提，胳臂自然是又痠又疼，紛紛哀嚎，保弟也不理睬這兩個傢伙的喊叫，大步一跨便奔到了牆沿，跟著身子一縱，躍了老遠。

而阿武的重型機車更快，早已竄到了數棟大樓之外，如入無人之境，完全不用繞道拐彎，而是直直朝著目標衝去，穿過一棟棟樓房。三公里的距離不一會兒便到了，俊毅在阿武減速之前便躍出後座，飛升到數層樓高的上空，環顧四周，再看看手上的ＰＤＡ，狐疑地說：「就在這裡！」

「大強！大強！」阿武也高聲喊著，同時盯著嵌裝在機車儀表板上的ＰＤＡ，伸指按了按，將那地圖放大、再放大。這兒是條老舊市場攤販街，此時附近遊魂倒也不少，大都悠悠閒閒地三五群聚著閒聊亂逛。

俊毅和阿武此時當然沒那工夫理會這些遊魂，俊毅指著一處老舊公寓，喊著：「那棟二樓！」

阿武一躍而起，已經竄入那樓房二樓當中，那是一個單身年輕男子的房間。男子是夜貓子，在此接近凌晨時分，仍興致勃勃地看著電腦中播放的色情影片。

俊毅也落入這房間，兩人不必找也不必喊都知道，大強不在這兒。俊毅按了幾個鍵，螢幕上的平面地圖已經轉換成３Ｄ圖，求援訊號確實是從這層樓的這間房中發出，且房間中還迴盪著ＰＤＡ發出的嗶嗶警示聲音。

「呃！」阿武循著那聲音，瞥見了大強的ＰＤＡ便躺放在那年輕男子的腳邊，他正要伸手去撿，一面牆上突然伸出一隻手，拋入了一枚閃光手榴彈。

「小心——」俊毅警覺出不對勁，在那閃光彈拋入房中的同時，一壓身子，沉入一樓。

阿武卻慢了半拍，閃光彈爆發，四周亮白一片，阿武感到天旋地轉，什麼也看不見。他感到有好幾隻鬼衝了進來，持著不知是什麼武器不停攻擊他，即便他戴著牛頭面具，力量強大，受了一輪猛擊，也感到應付不來。他抖開甩棍，胡亂揮掃，這是新型甩棍，配備電擊功能，威力強大。

惡鬼們咆哮著，其中一個拿著西瓜刀，逮了個空檔要砍阿武後背，但同時地板又拋出一枚閃光彈，轟地爆發，四個惡鬼也給這強烈白光映得嚎叫不止，摀著眼睛亂竄亂跳。

俊毅戴著墨鏡竄回二樓，持著甩棍一陣猛打，將那四個惡鬼打得抱頭飛竄，全逃出了牆外。

「阿武，是我！」俊毅大喊著，拉著不停掙扎的阿武也躍出這房間，裡頭那年輕男子根本沒有察覺發生了什麼事，仍津津有味地看著色情影片。

「是瘋狗集團！」俊毅拉著阿武飛到街上，見到遠處遊魂當中，有兩個裝扮眼熟的傢伙，持著刀械望著這頭，跟著俊毅轉頭，另一方向也有三個惡鬼騎著重型機車朝這兒衝來。

「喝！」俊毅揪著阿武的後領，撲進了一棟樓房，躲過了那三台重型機車的撞擊。阿武視力漸漸恢復，此時瞇著眼睛、淌著眼淚，正要掙扎站起，卻讓俊毅摀著眼睛壓倒在地，俊毅大喊：「把眼睛閉上！」

樓房當中一片亮白，又是三枚扔入的閃光彈爆發。俊毅戴著墨鏡，也覺得眼前亮極，他再睜開眼時，見到幾個戴著護目鏡的惡鬼闖了進來，有的持著和他們配備相同的電擊甩棍，有的持著鐵鍊刀械，二話不說便砍殺過來。

「好大膽子，殺陰差罪很重的！」俊毅大喝，揮動甩棍還擊。

阿武一翻身抱住了一個惡鬼的腿，朝著他小腹打了一拳，跟著硬摘下那惡鬼臉上護目鏡，往自個兒頭上戴。但因爲牛頭形狀與人頭不同的關係，阿武胡亂套戴一番，遮住了一邊眼睛，另一邊眼睛就會露出，他只得閉起一隻眼睛，望了望腳下那個讓他奪了護目鏡的惡鬼。那惡鬼還捏著一枚閃光彈，且已壓下保險桿，手一鬆就會爆發，那惡鬼給奪了護目鏡，此時只好閉起雙眼，緊握著閃光彈，使其不要爆發。

「我幹！」阿武見到那惡鬼這副模樣，火冒三丈，氣憤地抓住那惡鬼腦袋，用手指撐開他的眼皮，再一腳踏住那惡鬼持著閃光彈的手，壓著他的腦袋貼在那閃光彈上，跟著腳猛施力，踩得那惡鬼手一鬆，閃光彈瞬間炸開。那惡鬼給阿武撐著眼皮，眼睛無法閉上，只能眼睜睜盯著那閃光手榴彈在他眼前數吋爆發，登時昏死過去。

「啊，蹲下！」俊毅大喊著，避開了幾張射來的飛網，但阿武卻讓一張飛網射中，倒在地上動彈不得。

「幹！這些傢伙是怎麼逃出來的？」阿武驚怒喊著，他發現這幾個瘋狗集團的惡鬼十分面熟，竟是前幾天陸續被他逮進城隍府的那批嘍囉。

「先出去再說。」俊毅扛起阿武往外頭衝，阿武持著甩棍的那隻手露在網外，此時便不停揮動，以防後頭幾個瘋狗集團嘍囉又扔奇怪的東西過來。

外頭四、五個瘋狗集團成員持著武器，一見俊毅和阿武出來，立時就圍了上來。其中一個朝著俊毅開槍——是那槍型飛網發射器，一張飛網倏地打來，但俊毅早有準備，將那網槍持在手上，對著飛來的網子回敬一槍，兩張網子在空中纏成一團。

俊毅又發兩槍，阻住了追兵來路，跟著往左一竄，竄入一間民宅中。

「我的車啊——」阿武自那民宅的窗望出，見到他那嶄新漂亮的重型機車已落入瘋狗集團嘍囉們的手中，跟著俊毅扛著他又轉了個彎，他便只能看見民宅中的牆壁陳設了。他給大網纏得動彈不得，只能連連大喊：「放我下來、放我下來！」

「吵死了！」俊毅氣罵，突然有所領悟，他一面飛奔，穿過一間又一間樓房，跟著取出ＰＤＡ，邊看邊跑，發現有些紅點始終跟在他身後不遠處，他頓時明白。「那些傢伙用我們的ＰＤＡ，所以知道我們的行蹤。」

「不對啊！」阿武在俊毅的背後嚷嚷著：「你不是說這批ＰＤＡ都有身分認證，要登入資料庫連線啓動——啊！一定是其他城隍府那些雜碎暗中洩密，王八蛋，我殺了他們！」

俊毅若有所思地說：「平時就算讓那些混混知道我們的行蹤也沒什麼大不了，但現在不同，到處都有遊魂，我們根本不知道哪個是他們。」俊毅望著ＰＤＡ螢幕上那密密麻麻的紅點，確實會讓人失去戒心。

那些混混儘管單打獨鬥遠不是牛頭馬面的對手，但使用搶得的網槍、閃光彈等新式配備，在大強等牛頭馬面忙著驅趕不停擁上的遊魂時加以突襲，的確相當難以防備。

俊毅一想至此，便將ＰＤＡ關機了，他提著給槍網緊緊捆縛著的阿武急奔了好一陣，躲入一棟大廈地下室裡。

「喂，現在天快亮了，我們不怕陽光，直接殺去廟裡逮人如何？」阿武問。

「不……保弟可能也……他們若是抓了我們的人，拿到牛頭、馬面的面具，也不怕陽光了，我們兩個隻手難敵。」俊毅一面說，一面費勁地替阿武解開那堅韌的網。

「現在怎麼辦？像上次一樣，到廟裡喊冤？」阿武攤攤手，苦笑著說：「這次不用內褲了，可以直接進廟裡。」

「一直上告天庭，就怕以後我們在底下被排擠得更嚴重。」俊毅嘆了口氣。「難做、難做，好人難做，好陰差更難做，憑我們幾個就要扭轉整個陰間，似乎太難了。」

「眞不像你！」阿武花了好半晌工夫，終於從捆網中掙脫，他摸摸口袋，想起自己的ＰＤＡ還裝在車上，不由得大罵，跟著向俊毅伸手：「你那台借我。」

「一開機就會被發現。」俊毅這麼說，還是將自己那台ＰＤＡ遞向阿武，卻又不放心地問：「你要幹嘛？」

「打完電話馬上換地方，現在天快亮了，他們不敢太囂張的。」阿武一面說，一面接過俊毅的ＰＤＡ，撥了通電話給小歸：「小歸，上次你說的那批東西還在不在？」

「在啊，怎麼了，改變心意啦？」小歸在電話那頭說。

「是啊，你把東西準備好，我們馬上就要用。」阿武這麼說，跟著結束通話，將ＰＤＡ扔還給俊毅，說：「他們也要等到晚上才會動手，我們下去準備一下，總得把兄弟們救回來。」

「你說的對。」俊毅點點頭。

□

「哈哈哈！又一個。」臭皮拍著手說，他見到幾輛重型機車駛來，帶頭的那狼狽傢伙是骨仔，後頭一個被捆網緊緊綁著的傢伙是保弟，讓骨仔提著，一動也不動的則是柏豪。

「哇！這就是那臭牛頭的車啊——」「眞是台好車！」「快牽進來，天快亮了，好熱！」大夥兒全擠進了奉靈宮。

此時奉靈宮裡漆黑一片，所有的門和窗全緊緊關著，窗上都擋上了厚紙板或是報紙，門縫也以布堵死，不讓一點光透入。

「這次是個牛頭啊！」「快把他面具拿下，我要當牛頭！」「不，換我、換我！」眾嘍囉吵鬧著，團團圍上那給拉進奉靈宮，扔在正廳地上的保弟。保弟當時帶著柏豪和骨仔等兩個瘋狗集團成員，遠遠落在阿武、俊毅後頭，途中也中伏受擄，自然免不了一頓暴打，此時癱軟無力地受困在網中，虛弱喘氣著；另一端柏豪則蒼白著臉，出氣多，入氣少，一副要死了的樣子。

「咦！這不是柏豪嗎？」

田叔見了骨仔帶回來的柏豪，也是大感詫異，他還不清楚柏豪這幾日發生的事，此時見了柏豪，有種搖錢樹終於回來了的喜悅。趕緊上前看了看，吟唸咒語，領著柏豪來到了二樓開爐室。

一陣施法後，柏豪回到肉身中，卻怎麼也搖不醒。田叔不免有些擔憂地問：「到底發生什麼事，柏豪怎麼不醒？他的生魂受傷了……這樣晚上怎麼去見許先生？」

「別管這麼多啦，現在這小子已經不重要了！」嘉宇揮了揮手，不耐地說，跟著看著一旁的小滅，瞪了瞪他說：「囝仔，叫你拿菸過來你在看啥小？」

「快去啊！」「瘋狗大仔叫你沒聽見！」一旁幾個少年朝著小滅喝喊。

小滅看了田叔一眼，田叔朝他點點頭，小滅也只得莫可奈何地遞上一根菸。嘉宇接了菸，叼在嘴上，瞥了小滅一眼，忽地一巴掌搧在小滅後腦上，喝著：「不會點菸？不會叫人？」

「小鬼，你要學的還多著咧！」一旁的少年們又鼓譟起來。

「瘋狗……大仔。」小滅漲紅著臉，替嘉宇點了菸，神情複雜，像是摻雜了迷惑、恐懼、憤怒和不安。「抽菸。」

此時的嘉宇不是嘉宇，是瘋狗附在嘉宇身上，而嘉宇的生魂此時蜷縮在角落，和其他少年的生魂擠在一塊兒，望著自己的身軀讓陰間惡鬼幫派佔據著，他們臉上有些茫然。

「嗯。」被瘋狗附體的嘉宇嘴一撇，叼著菸，深深吸了一口，再長長地吐出，十分陶醉地說：「眞爽！當人眞爽！」

「來來來……免驚、免驚……」田叔拿著一只小葫蘆，一手捏著符紙，呢喃施法著，來到那群少年生魂附近，將葫蘆口對少年生魂們，朝他們招著手，說：「來來來，暫時睡一陣子，身體借給瘋狗大仔辦正事，正事辦完了，我們就發達了，到時候田叔帶你們環遊世界，想要什麼有什麼，想玩什麼玩什麼！」

田叔微笑著說，少年們大都茫然沒有定見，他們彼此看了看，卻也沒有表示反對。隨著田叔的召喚和施法，他們感到睏了，身子微微飄浮，一個個給吸進了田叔手上的小葫蘆中。

「你這法術眞有意思，阿田，你很有用！」給瘋狗附體的嘉宇哈哈大笑。

「瘋狗大仔，到時候你變成了許先生……別忘了關照一下小弟。」

田叔搓著手跟在後頭，類似的想法他不是沒妄想過，但他從來也不敢親身嘗試開爐，更加沒這個膽子動許先生的腦筋。但現在跟瘋狗這票不要命的陰間幫派成員合作，一聽連底下的城隍爺都暗中罩著瘋狗，田叔這惡膽便大了起來，想起以往老是要對許先生的心腹黃近福鞠躬哈腰陪笑臉，當時都當成是無上的光榮、當成是向上攀登的好機會，現在倒覺得十分不是滋味，要是眞能將瘋狗「變成」許先生，那麼負責操使開爐法術的自己必然會受到「許先生」的重用，屆時那眞是一人之下，萬人之上了。

田叔漸漸覺得瘋狗這計畫，比起自己早先僅想要藉著替許先生幹些見不得光的小醜事討他歡心，分點油水什麼的行徑，投資報酬率要巨大得太多太多了。因此，儘管從頭到尾瘋狗這幫傢伙都是用半強迫的態度進駐奉靈宮、要求田叔配合，但田叔可一點也不以爲忤，反倒漸漸將自己也融入了瘋狗集團，覺得自己可是瘋狗大仔底下的重要核心人士了。

一樓正廳裡，骨仔正氣呼呼地踢著保弟，正廳裡另外還捆著幾個傢伙，他們都是俊毅的手下，此時都給摘下了牛馬面具，模樣狼狽到了極點，每個都像是給痛打一頓般。

「牛頭好啊！」一旁兩個戴上了牛頭、馬面面具的嘍囉又蹦又跳，正享受著體能暴增的快感。

「別打了。」瘋狗附著嘉宇的肉身下樓，喝叱那些圍著保弟踢打的嘍囉們說：「殺陰差罪很重的，別給我找麻煩，我們的目標是俊毅，搞垮他，我們以後的日子就爽囉。」

「等今晚我變成了許先生，有花不完的錢，玩不完的女人，要當人就當人，要當鬼就當鬼，順便燒一堆錢下去，讓幾個城隍聯名拱我也當城隍，到時候，嘿嘿嘿。」瘋狗笑得合不攏嘴。

小滅跟在田叔身後，緊盯著田叔手上的小葫蘆，不安地問：「田叔，嘉宇他們在裡面沒事嗎？我爲什麼不用開爐……」

「沒事沒事。」田叔搖搖頭：「裡面很舒服，很安全，你現在不用開爐是因爲你晚上要在許先生面前開爐，讓他百分之百相信田叔。柏豪生魂受了傷，沒辦法開爐了，晚上你要好好做，知道嗎？」

小滅見田叔至今仍十分重視柏豪，有些不是滋味，便說：「田叔，我不會讓你失望的。」

□

陰間，城隍府內。

「不久之前……有批陰差來押走那些瘋狗集團的人……」雜役鼻青臉腫地說：「車也……被帶走了。」

「這裡是我的地盤，他們說要人就要人，要車就要車？」俊毅強壓著滿腔怒氣，瞪著眼前的雜役。

雜役無奈地指著自己的臉說：「我……我也是這麼說的，結果就變成這樣了……他們有閻羅殿的公文，他們還說我們妨礙他們執行公務，把辦公室砸成這樣。」雜役邊說，邊指著指凌亂不堪的城隍府辦公室，數台電腦都給砸了個稀爛，資料櫃東倒西歪，不少書面資料都給撕了個爛。

「太可惡了，實在太可惡啦！」阿武憤然一拳打在本已歪斜的辦公桌上，恨恨地轉身一把揪起那雜役的領子，問：「是哪幾個城隍府的人，你跟我說，我現在就去扁死他們，大不了再被抓去閻羅殿鋸肚子！」

「好了你！」俊毅拉著阿武走出城隍府，望著黑紅永夜，深深呼吸。來到小停車場邊，他見到自己那輛在追捕瘋狗集團車隊時撞得慘不忍睹的城隍座車，車門上還給貼了幾張紙條，寫著「俊毅城隍私人座車」、「榮獲本年度最佳外型設計大獎」之類的調侃字句。

「啊——我受不了啦，我要殺人，我要殺閻王！」阿武氣憤大吼。

俊毅對那些字條視若無睹，押著阿武上車，冷冷地說：「先把弟兄們救回來，多幾個幫手多宰幾個狗官。」

阿武聽俊毅這麼說，心中那口惡氣也降了不少，想起不久之前還是自己安慰氣餒的俊毅，怎地一下子又變成自己要抓狂了。他向俊毅要了ＰＤＡ，又撥了通電話給小歸，俊毅發動引擎，座車緩緩駛動。

半小時後，他們來到陰間一片荒地，不遠處有處枯井，對應那兒的陽世同樣是片已施工完畢的新興社區。依照陰間陽世建築物變化生長的速度，數年之後，陰間這片地也會變成一片密密麻麻的建築。

前方停著一輛休旅車，小歸坐在車頂上晃著雙腿看漫畫，見俊毅座車駛來，這才落地，揭開休旅車後門。

俊毅和阿武下了車，走向小歸。小歸沒好氣地說：「幹嘛約在這個鳥不生蛋的鬼地方，就說隨便找個地方就行啦。」

「你那些東西都是違禁品，被其他人看見，我這城隍位子就不保了。」俊毅白了小歸一眼。

「怎麼會！現在你那邊的住民個個都挺你，誰會去告狀。」小歸一面說，一面從休旅車後座拉出兩只大箱，揭開箱蓋，說：「而且不全是違禁品啊，有不少是完全合法的耶！」

「喝！」阿武見到大箱中有不少新型網槍、閃光彈和手銬，不禁啞然失笑，對著俊毅說：「這批城隍府新式裝備，小歸拿到的竟然比我們還多，你說說這像話嗎！」

俊毅卻笑不出來，只得搖搖頭說：「陰間事事像話，就不是陰間了。」

「不是早就說過了，只要有錢，什麼都買得到，連城隍爺的位子都買得到。且別說陰間，陽世不也如此？」小歸哈哈一笑，在大箱中摸索一陣，翻出只小盒，揭開盒蓋，裡頭是一管針筒。他將這小盒遞給俊毅，說：「我剛剛聽你們說了地上的情形，想說這東西應該有點用處，就順便帶來了，很貴的，我就只有這麼一個。」

「這是……擬人針？」俊毅望著那小盒當中的針筒。

「一針效力三小時。」小歸點點頭。

「什麼是擬人針？」阿武望著那支針筒。

「注射之後，可以暫時擬化出類似凡人的肉身，擁有五感，但是砍不死、打不壞，因爲本來就是擬化出來的假人身體。」俊毅說：「陰差裝備對凡人無效，瘋狗集團躲在失了生魂的肉身裡，不怕我們的武器和抓拿，但用這玩意兒擬出假肉身，可以用拳頭把他們打出來。」

跟著小歸又向兩人展示大箱中的種種物品，大多是些未經陰司審核許可、遊走在法律邊緣的攻擊性防身器具，如電擊槍、催淚彈。小歸將一雙最新型的電擊手槍交給俊毅，說：「這東西超讚，是閻羅殿還在研發中的最新式配備，還沒量產，我弄到兩把。」

俊毅拿著那兩把槍，呆愣半晌，小歸又遞給他一副槍套，讓他能將槍佩在腰間。

「俊毅一個人用兩把槍，那我呢？」阿武嚷嚷著，取了些網槍補充彈，網槍的功用就是射出網子，多拿幾把也沒太大用處。

「阿武你當然有專屬的厲害傢伙。」小歸神秘一笑，爬入休旅車後座，從椅下翻出一截物事，竟是柄霰彈槍。

「要是被陰差逮到你持有這玩意兒，你會很慘！」俊毅愕然大叫。

「噓！」小歸對俊毅比了個噤聲的手勢，說：「這是我的收藏品，從不帶著外出的，這把威力強大，但是彈藥沒有附法術，所以打在鬼身上只會重傷，死不了。儘管用，哪個最壞就轟哪個，吶！」小歸一面說，一面將霰彈槍遞向阿武，還拿出一盒彈藥。

「嗯。」俊毅伸出手，搶在阿武之前接過那霰彈槍，拿在手上掂了掂，說：「這把還是給我用好了。」

「好吧，那你把電擊槍給我。」阿武氣呼呼地向俊毅伸出手。

俊毅將那裝著擬人針的小盒子遞給了阿武，說：「記住，注射之後，你會失去鬼魂的一切能力，更沒有牛頭的力量，你會恢復成生前狀態；唯一的不同是你能觸摸得到鬼物，更重要的是，你是打不死的。」

「……」阿武愕然地接過那小盒，看著俊毅。

「幹嘛那樣看我。」俊毅攤攤手說：「我們只有兩人，當然一人對付惡鬼、一人對付被附體的活人。」

「誰說的，還要加上我！」小歸嚷嚷地喊，他將一件風衣拋給俊毅，說：「穿上它，要耍帥就一次帥到頂點。」跟著他脫下他時常穿著的棒球外套，翻出一件黑色厚外套換上，下半身也換上一件厚長褲。最後，他將一只頭盔夾在脅下，再將一只背包單肩揹上，吆喝一聲：「上吧！」

「等……」俊毅一把拉住小歸，揭開他被背上的背包，呆了一呆，裡頭裝著各種閃光彈、催淚彈、震撼彈等投擲爆破玩意兒。俊毅哼了哼，但沒有表示反對。

「嘿嘿。」小歸神秘一笑，說：「雖然不少違禁品，但是你不能否認，我這身裝扮，對你們的戰情幫助極大。」

「你是爲了幫助我們，還是爲了許先生。」俊毅當然無法否認穿著全套防爆裝，揹著一個炸藥庫，有著數十年道行的老鬼小歸，的確是極大助力。

「當然是爲了許先生！」小歸說得理直氣壯，跟著忍不住呵呵地笑了。

兩年前他和阿武、王智漢、俊毅等齊力對付賴琨和司徒城隍，兩年下來，爲了報恩的王智漢、爲了贖罪的阿爪，以及那些被恐嚇了的賴琨手下所燒下的冥錢，讓小歸在地底當了個富有的小老闆，要是這次能搭上那國際鉅富許先生……

「幹，你是去做生意還是救人！」阿武也隨即明白了小歸的意圖。

「當然是做生意！」小歸依然說得理直氣壯，但也不忘補充：「誰說做生意跟救人一定要分開談，可以做生意兼救人啊！快走啦，上面天都要黑了！」

第七章　許氏集團大樓

牆壁是米白色的，其中一面牆懸掛著卡通人物海報；門是粉褐色的，上頭掛著卡通月曆；床鋪好香好軟，陽光透過了窗簾，滲入室內，窗外迷迷濛濛的；書桌上有書、有零食和玩具，是兩個大人和三個小孩的合照，照片中的男人有一張大嘴，笑起來幾乎可以塞下一整個大饅頭，女人則矮矮小小，但力氣竟然十分大，能夠一手環抱一個胖嘟嘟的小孩；她另一手環抱著另一個更胖的小孩，且也有一張笑起來能塞滿一個饅頭的大嘴。那個站在兩個大人間的男孩，比女人手臂上的兩個小孩稍大一、兩歲，嘟著嘴、威風神氣地扠腰站著。

門打開，客廳的電視機聲音好大，男人和女人的聲音、小孩和小孩的聲音，是一種熱鬧的聲音。兩個聚在電視機前的小孩年紀差不了太多，他們望了過來，喊著、搶著、鬧著、笑著。

朦朧的畫面迅速轉換，溫馨的客廳變成了轟隆隆的廠房、熱鬧的笑聲變成了驚恐的吼叫聲、米白色的四周圍成了紅通通的四周圍。女人哭喊叫著，衝進了紅色那邊；男人則是朝這頭撲來，跟著奔入了紅通通的另一邊。

煉獄一般的紅漸漸褪去，變成了死寂的灰黑色，女人再也沒出現過，那兩個小孩再也沒出現過。

四周變成了像是會滲出苦汁的髒污壁面、變成了嘎吱嘎吱作響的破爛門、變成了陰雨天會落下黑霉雨的天花板、變成了腳踏會感到黏膩的漆黑地板。

男人的嘴依然那樣大，但形狀已和以往大不相同，嘴角不再是那開懷的上翹，而像是終年夾著兩枚秤鉈的下垂，張開時也不像是以往開懷暢快，而是像是會炸出火藥的大口徑砲管。

男人變髒了、變臭了、變兇了、變老了——

變得討厭了——

柏豪醒來了。

他張開了眼睛，眼前矇矓著、搖晃著，他坐起時，那片矇矓便順著他的臉頰滑落，滴在腿上。

他記起了一些本來幾乎要忘掉的事，他記起了兩個弟弟的臉，記起了老媽那張大嘴，記起了那日工廠大火，老爸和老媽分頭去救三個孩子。他是讓老爸救出來的，而老爸終於將他帶離火場時，廠房已坍了三分之二，老爸在三個壯漢的窮拉猛扯之下，無法再次衝殺進去。

若是當時那些壯漢拉不住老爸，那麼之後的老爸便不會變髒也不會變臭，不會變兇也不會酗酒了。他會死在那個地方，和老媽、兩個弟弟一樣死在那個地方。

「嗚嗚……」柏豪的眼淚止不住，他感覺到天旋地轉，他不明白爲什麼自己會變成這樣，不明白爲什麼人家的家可以那樣好，自己的家卻是這麼不幸。

他想起自己有很長一段時間極討厭他的老爸，想在他的酒裡下瀉藥、想把他的菸藏在鞋子裡、想把他的錢偷出來花光、想把他的臭衣服一把火燒了、想離他越遠越好，最好永遠不要再見到……他現在不這麼想了，他想見見老爸，對老爸講講話，聽老爸講講話，吃個飯，甚至是讓老爸吼兩聲，捱個兩巴掌什麼的……卻沒辦法了。

那個遲到、過期的願望成眞了。

「嗚！」柏豪摀著臉，腦袋側一撞，想要將腦袋裡那幕老爸摔在柏油路上，以奇怪姿勢躺著的景象驅出腦海。

「阿豪啊、阿豪……」老灰仔端著一碗薑湯進了屋，將碗放在一旁，在柏豪身旁坐下，摸著柏豪的頭、拍著柏豪的背。等他情緒稍稍平復之後，再將那薑湯遞給他，讓他緩緩喝下。

「阿豪啊，你手腳能動嗎？」老灰仔低聲關心地問：「你身上有沒有痛，你的魂受傷了，要休養……開爐不好，不能一直開爐，魂會壞掉……」

「叔公……我不想繼續開爐了……我想要回家……」柏豪抓住了老灰仔細瘦的胳臂。

「乖、乖乖……」老灰仔連連點頭，卻又緊張地看了看左右，低聲說：「要等等、要等等……叔公帶你走……你跟叔公來……」老灰仔緩緩將柏豪扶起，扶他下床。

「唔！」柏豪感到身上發出一種怪異的痠疼感，他的生魂昨晚給那嘍囉鬼捅了好幾刀，如老灰仔所說，受了傷。但他的心似乎傷得更重。

「喂，小老弟還可以吧。」阿彥出現在門旁，一面吃著披薩，一面問。

柏豪愣了愣，他感到阿彥的眼神看來有些陌生。阿彥遞了塊披薩給他，他茫然接過，跟在老灰仔後頭。

老灰仔放慢腳步，回頭說：「快吃，吃飽點……別看他……他不是阿彥啊……」

「唔！」柏豪愣了愣，只見阿彥瞅著他神秘地笑了笑。

附在阿彥上的是那瘋狗集團的大學生鬼臭皮，臭皮負責在瘋狗、田叔出發前往許先生公司大樓時，坐鎮奉靈宮；一面指揮其他嘍囉看守受擄的陰差，一面繼續招魂儀式，招來更多鬼，最好還能夠收買其中一些本來也不是什麼好東西遊魂壞鬼，作爲牽制俊毅、阿武反撲時的助力。

「哇……」柏豪咬著那披薩，哪裡吃得下，他經過廟門，見到廟外空地一群遊魂野鬼，像是在開著什麼怪異晚會。幾個戴著牛頭馬面的集團嘍囉居高臨下地押陣，兩個臉色蒼白的少年哆嗦著，燒著一疊又一疊的紙錢，又有幾個嘍囉鬼像是推銷員一樣在遊說那些遊魂野鬼。長桌上擺著招魂法器，那長長的招魂旗迎風飄展，小火爐裡的五色煙在空中旋繞成詭譎的形狀。

「別問、別問，跟我來拿紙錢……」老灰仔示意柏豪別多話，領著他往擺放大量紙錢的倉庫走。途中也遇見幾個不停往來捧著紙錢的少年，昨晚開爐，瘋狗等附上了一些包括小滅、嘉宇等生魂離體的少年，但也有幾個資淺少年由於短期內過度開爐，身體已無法負荷，「菸」沒抽完，便昏的昏、嘔的嘔，生魂不能離體，自然也無法讓那些嘍囉鬼附著。

由於瘋狗也不需要那麼多肉身，他還得保留一部分能飛天穿牆的鬼眾方便行事，因此不以為意，田叔便讓這些虛弱無力的少年，留在奉靈宮中待命，幫忙打雜。

阿彥也是這批無力開爐的少年們之一，只是臭皮需要同時指揮其他少年和惡鬼們，因此便直接附在阿彥身上，吃著披薩，調度指揮。

臭皮附著阿彥的身，大搖大擺地走出廟外。此時廟外空地上已聚集百來隻遊魂，準備要討一旁大金爐焚燒出的冥錢，幾個瘋狗集團的嘍囉持著武器來回巡視，還有幾個戴著牛頭馬面面具的嘍囉居高臨下守著奉靈宮。那些群聚而來的遊魂惡鬼們有的一聽說瘋狗集團擺明了要造反、和城隍作對，當場便嚇得迅速離去，但也有些興致勃勃地討了棍棒武器，想湊個熱鬧，甚至要加入瘋狗集團一起大鬧。

「叔公，外面到底怎麼回事？我……我能離開嗎？」柏豪不久之前只是個不愛唸書的小鬼，當了幾天超人，現在卻又身陷這奇異場面。他來回運了兩趟冥紙到廟門口，見到外頭那怪異盛況，終於忍不住回到倉庫裡向老灰仔提出心中的疑問。

「這個阿田喲……玩過頭囉……」老灰仔整理著一疊一疊的冥紙，搖頭嘆氣地安撫著柏豪。「阿豪啊，你不要怕，叔公想想辦法，外頭那些都是惡鬼，不要得罪了他們。」

「嘰嘰喳喳在說什麼！」一個瘋狗集團的惡鬼從牆上伸出一顆腦袋，朝著柏豪齜牙咧嘴地罵。嚇得柏豪摔倒在地，不住發抖。

「別這樣嚇囝仔……」老灰仔扶起柏豪，將一輛放了好幾大疊冥錢的小拖板車推向柏豪，朝那嘍囉揮了揮手，說：「我們都聽你們的話做事情，不要欺負囝仔。」

柏豪看了那嘍囉鬼一眼，他記得這嘍囉鬼，他老爸便是讓這嘍囉鬼附身墜樓的。柏豪垂下頭，眼眶一紅，不再說什麼，拉著那小拖板車往外走。

□

「黃桑！」田叔朗聲笑著，他帶著一群少年來到那數十層樓高的玻璃帷幕大樓前，喊著那早已在那數公尺高的落地玻璃大門前迎接的黃近福。

田叔不同於平日那樣穿著襯衫和短褲，特地穿了西裝、打著領帶。那批少年們則個個穿著淨素運動服，神情倒是拘謹許多。這批少年身上都附著瘋狗集團的嘍囉鬼，在老大瘋狗的叮囑之下，嘍囉鬼們也不敢造次喧譁，畢竟瘋狗便附在嘉宇身上。

「黃桑，這麼客氣，親自下來接小弟。」田叔呵呵笑著，和黃近福勾肩搭背、稱兄道弟地走入大樓，身後那群少年們也跟在田叔後頭。小滅肩上挑著一個青色大背包，緊張兮兮地混在人群中。

「你乾兒子沒來？」黃近福一面走，一面回頭在那群少年當中搜尋柏豪的面容。

「他今天身體不舒服，不過沒差，他們每一個都是我的乾兒子。一個開竅了，其他當然得跟上，現在個個都厲害。嘿嘿……不如說，是小弟我的功夫又有所進步。」田叔拍著胸口，嘿嘿笑著。

十來人分別進入兩部電梯，電梯的透明窗可以看到外頭景色。他們離地越來越遠，望著城市逐漸下降，底下車水馬龍、人潮熙攘，各式各樣的燈光將夜裡的城市點綴得五彩繽紛，和陰間那種永恆死寂天差地遠。那些遠離人間的嘍囉鬼們也不由得紛紛靠往外側的地方擠，想要多瞧瞧這個他們曾經待過數十年的華麗人世。

電梯直達二十七樓，門雙雙開啓。田叔的笑容中挾帶著許多緊張，他第一眼就見到這個漂亮的廳堂，這是這大樓中的宴會廳，除了正中有如球場般寬闊的廳堂外，外圍還分隔成數間大小不一的貴賓室。

今晚的宴會廳並無活動，亮著柔和的昏黃燈光，冷氣的味道聞起來都是香的，地毯柔軟的程度令田叔、小滅和那群嘍囉鬼們覺得自己踩在雲上。

瘋狗集團的嘍囉鬼們生前大多也是混混，從沒見過這場面，此時只覺得自己像是來到了天庭，不由得張大了口四顧環望，然而他們的外觀看來都是那些奉靈宮的少年，因此也不令人感到突兀。

黃近福帶著田叔等人進入一間貴賓室，貴賓室和外頭大廳相較小了不少，但容納田叔等十來個人仍嫌寬廣，一旁有張大桌，桌上已擺滿豐盛的晚餐。

「許……許、許……」田叔望著那個佇在窗邊眺望城市夜景的許先生，平常能言善道的一張嘴突然像是掉了一樣，沒來由地結巴起來。

許先生叼著雪茄，一見田叔等人進來，立時大方地快步走來，張開手笑著說：「田先生，請請請，別客氣。」

少年們規規矩矩地入席，大夥兒你看看我、我看看你，然後飢餓地望著桌上那豐盛菜餚。這些瘋狗集團的嘍囉鬼們在陰間作威作福之際，自然少不了大魚、大肉，但這高級菜色即便是生前在陽世也未必吃得著，何況是遠離陽世許多年。

「別客氣，吃、吃。」許先生看著少年們的神色，便朗朗笑著說。他穿著灰色西裝，一些簡單的招呼話語、舉手投足之間小動作，都散發著無比的自信和魅力，有種讓人一定得照著他的話去做的力量。

那些嘍囉鬼們可也是第一次親眼見到這國際級鉅富的魅力，即便連在地下當了許多年大哥的瘋狗，此時也不得不震懾於許先生那股無形魄力之下，當然也令他更加興奮，他覺得自己即將要變成眼前這個男人，這男人所擁有的一切都要成爲自己的了。陰差會坐視不理嗎？當然不會，但那又何妨，能當上許先生一天，抵得過在地底做鬼一年了。

何況那些一直和自己作對的陰差，此時幾乎都要給全滅了。

許先生一入座，便迫不及待要切入重心，他一面優雅地用餐，一面隨口向田叔提出一些問題，都是些「出了竅的生魂會不會被一般人看見」、「生魂所到之處，摸了什麼、做了什麼，是否會留下爲人察覺的痕跡」、「生魂能做的事的範圍」等頗實際的問題。

田叔也不厭其煩地向許先生解說著關於生魂的種種情事，最後他做了個這樣的結論：「這種法術絕對不會有什麼後遺症，這是一種古早人修練身體的法術，越練身體越好。」

「嗯。」許先生沒有對這個結論做出什麼表示，他只是微微一笑，說：「如果能讓我看看，就太妙了。」

「小滅！」田叔趕緊朝著身旁的小滅。「開爐給許先生看。」

「是。」小滅抹抹嘴，趕緊離座，提起放在椅下的背包，來到了某個小茶几旁，將當中的施法器具，包括小檀香爐、符紙菸、黑炭塊等一樣一樣地端放上桌，謹慎地捲菸、點炭。

許先生也饒富興味地望著小滅的一舉一動，見他點燃菸後深深吸了一口，身子搖晃起來，便問田叔：「這是？」

「這是讓魂和肉竅分離的一種菸。」田叔一面說，一面起身，來到小滅身旁，從背包中取出一捆紅線，向許先生解釋：「我用紅線纏著這孩子，等他生魂離了體，就可以隔空跟他溝通，下達命令。」

跟著田叔拿了幾枚柚子葉，施法喃喃唸了咒語，又取過了一杯茶，將那柚子葉放入了茶中，用手指攪和半晌，跟著端放到許先生面前，說：「許先生，用這茶水沾沾眼皮，待會兒就可以看見魂了。」

許先生點點頭，照著做了，一旁的黃近福趁這空檔，問：「上次見那小鬼臉上塗了妝，怎麼現在不用嗎？」

「開爐上妝，是怕去了外頭被孤魂野鬼纏上，在這裡就沒這個必要了。」田叔解釋。

「哦——」許先生眨了眨眼睛，甩甩手上的柚子葉茶水，果然見到小滅身子左右搖晃的同時，閃動起朦朧的殘影。

田叔來到了小滅身旁，伸手按了按小滅的額頭，又唸了幾句咒語，小滅突然抖了抖，那生魂便抽出了天靈蓋，飄浮在肉身上空，跟著緩緩落下。

「喔！真妙！」許先生瞪大了眼睛，以往他即便再富有，也絕難親眼見到這等有趣把戲。他離了座，向小滅的生魂走近些，跟著又走近些，遲疑地看了看田叔，問：「我摸得著他嗎？」他這麼說時，手已伸出，在小滅的肩頭上那麼一拍，自然什麼也沒拍著，他眼前的小滅看來便像是立體投影一般。

「小滅，讓許先生碰碰你。」田叔這麼吩咐。

小滅點點頭，舉出一隻手，凝望掌心半晌，朝許先生伸去。

「許先生，現在你再摸摸看。」田叔說。

「哦？」許先生好奇地伸手一握，果然握著了小滅的手，雖然觸感和眞實肉身並不相同，但仍確確實實地握著了東西。

「所以，生魂可以自由控制碰不碰得著東西，可以到某些地方，拿某些東西。」許先生問。

「是啊。」田叔回答，跟著吩咐：「小滅，來這裡拿個杯子讓許先生看看。」

「是。」小滅點點頭，幾步來走到桌前，先集中了精神，跟著拿起一只茶杯，搖晃兩下，再放下。

「有趣。」許先生也來到了桌邊，指著一罐胡椒鹽。「你拿起這個試試。」他見小滅照著他的話做了，便又說：「灑些鹽在杯子裡。」

小滅也照著做了，跟著，望著許先生，像是在等他下一步指令。

「好、好，這樣就能做很多事了，哈哈！」許先生抽了口雪茄，呵呵一笑，不再言語。

田叔當然明白，立時接話：「當然、當然，小弟我要是看誰不順眼，幫他的茶加點料，讓他拉肚子，甚至嘿嘿嘿嘿……」田叔笑得諂媚，突然瞥見嘉宇冷冷地望著他，知道是瘋狗不耐煩了。瘋狗是來搶許先生身體，不是來阿諛奉承許先生的。

田叔頓了頓，又說：「還是……許先生有沒有興趣也玩玩看，飛天遁地、無所不能，這不是錢能買得到的樂趣喔。」

許先生眼睛閃了閃，似乎有點動心，但畢竟他經商多年，穩重得多，他沒有答話，背過身去。黃近福接話：「許先生日理萬機，今天只是想親眼見見你的開爐法術，看有沒有用處。更重要的是，你這些孩子嘴牢不牢。」

「當然、當然！」田叔搓著手，嘿嘿地笑。「許先生有什麼要求儘管吩咐，小弟一定……」

田叔還沒說完，黃近福突然身子一抖，雙眼發直，一動也不能動。

「咦？咦……」田叔愣了愣，還不曉得發生了什麼事，只見到許先生頭也不回，背對著他走到了一張沙發前，碰地坐下，惡狠狠地瞪著田叔。

跟著，大餐桌也磅地發出巨響。田叔回頭，見嘉宇一動也不動地癱趴在桌上，菜餚湯水濺了滿身，這才知道瘋狗已經按捺不住，先上了許先生的身了。

「阿田，看你拍馬屁的樣子，好噁心吶。」瘋狗附著許先生的身，嫌惡地望著田叔。

「是……是……」田叔尷尬陪笑著，他抓抓頭說：「我本來想說服許先生，讓他自己吸開爐菸，我不確定被鬼魂上身的情況下，開爐菸有沒有效啊！」

「廢話！拿根菸來試試看不就知道。」瘋狗怒叱一聲：「沒有效的話，就掐著他的鼻子，幾個人按著他，看他吸不吸，還不快拿菸過來！」

「是……是！瘋狗大仔！」田叔趕忙來到那小茶几，戰戰兢兢地捲起菸來。

□

「先生，這位先生。」警衛揚起手，提高了聲音喊著，卻沒有得到應有的回應，這讓警衛將聲音喊得更響，且邁開了腳步走來。「這位先生，要找人請先登記喔。」

阿武這才站定腳步，瞥了那警衛一眼，左顧右盼，歪著頭若有所思。他此時並沒有戴著牛頭面具，而是做凡人打扮，身穿黑色T恤和牛仔褲，斜揹著一只背包，他打了擬人針，此時身體五感彷若重生，像是復活了般。

「先生，你要找人請先登記。你要去幾樓，找哪個人？」警衛拿著一本訪客登記簿來到阿武面前。

「我找許先生，他在幾樓？」阿武這麼問。

「許……」那警衛愣了愣，放下筆，冷冷看著阿武。「你跟許先生有約嗎？」

「沒有。不過我現在要見他。」阿武攤了攤手說。「他在幾樓？」

警衛臉色有些難看，向阿武搖了搖頭說：「如果你和許先生沒有約的話，那麼你得先預約，然後再來找他。」那警衛對阿武這麼說，向他走近步，且揚起手朝向大門，擺出一副趕人的意圖。

「……」阿武不再理會那警衛，逕自走向電梯，按了上樓鍵後靜靜地等。

「先生，你……」那警衛跟到了阿武背後，還伸手按住了阿武肩頭。

阿武反手按住那警衛放上自己肩頭的手，一轉身，將那警衛的手拗至背後，在他屁股上拍了兩拍，順手解下了警衛懸在腰間的電擊棒。

電梯門開啓，阿武以那電擊棒抵著警衛後背，押著警衛退入了電梯。那警衛不停大叫：「報警！快報警！」

阿武望著電梯中密密麻麻的數字鍵，一下子愣了愣，喝問那警衛：「許先生在哪一層？」

「我……我不知道！」那警衛怪叫著，試圖以手肘頂阿武的小腹作爲反擊。阿武給那警衛頂了兩下，火冒三丈，碰地賞了那警衛一記頭錘，將那警衛撞得摀著頭坐倒在地。

「幹！痛死了，我眞的變成人了！」阿武也摀著額頭大聲嚷嚷，隨手按下了十一樓，十一樓是許氏集團的業務部門，電梯門打開，阿武大搖大擺地走去，逢人就問：「許先生在哪？」

幾個員工上前關切詢問，都讓阿武揮動著電擊棒嚇跑，阿武甚至將一個主管階級的員工壓在桌上，喝問著：「快說，許先生現在在哪裡？」然而這些基層員工，自然不清楚許先生當前動態，讓阿武喝得怕了，只好說：「現在是下班時間了，許先生大概回家去了……」

「放屁，許先生今天約了個姓田的混蛋在這棟大樓裡吃飯，想騙我？」阿武啪地賞了那小主管後腦一記巴掌，他將電擊棒在那小主管面前晃了晃，凶狠地說：「看到這是什麼沒有，會發電喔，你再不說，我會讓你爽歪歪喔！」跟著阿武將電擊棒，往那小主管兩腿之間按去。

「喝！」小主管登時嚇得臉色發白，急急喊著：「我……我什麼都不知道啊！啊，對了！吃飯……吃飯……許先生邀客人吃飯都會到二十七樓，那邊有貴賓室！」

「二十七？」阿武回頭看了看電梯入口處，標示著十一樓，氣憤罵著：「吃個飯躲那麼高幹嘛？吃飽了往下跳喔，幹！」他扔下這小主管，不禁有些懷念以前當小混混的時光。

「對付混混雜碎跟有錢的雜碎，用正常的方法是行不通的！就讓老子自貶身價，也當一下下雜碎，陪你們玩玩！」他拍拍口袋裡的牛頭面具，吹起了口哨，行徑更加囂張，還踹倒一張椅子，大搖大擺走回電梯，繼續上樓。

叮咚——電梯停在十二樓。

阿武呆了呆，門打開，外頭是十來個保全人員，個個持著警棍、鎮暴噴霧器，電梯門一開，便朝裡頭湧了進來，個個喊打：「抓住這神經病！」「扁他！」

「哇！」阿武雙拳難敵一堆手，臉上、身上吃了不知多少記拳頭，他以擬人針暫化肉身，力氣便和凡人無異，此時讓幾個保全大漢七手八腳押著，動彈不得，電擊棒也落到了地上，他只好張開口，咬那拉著他胳臂的那隻手。

「哇——」一個保全讓阿武咬得哇哇大叫，拿起鎮暴噴霧劑就往阿武臉上噴。

「啊！」阿武給這激辣噴霧嗆得眼淚鼻水不停淌，滿臉刺痛。但在狹小的電梯當中使用這鎮暴噴霧劑，肩靠著肩、胳臂揪著胳臂的保全們同樣也無法倖免，哀嚎成一片，滿臉鼻涕眼淚、連滾帶爬地逃出電梯。阿武最後一個衝出，左手拿著一支警棍，右手拿著一罐鎮暴噴霧劑，都是在保全人員倉皇逃出電梯時遺落在地的，而被阿武順手撿了。

「掉好多寶喔！」阿武一面嗆咳、一面抹淚、一面將地上幾罐鎮暴噴霧劑紛紛撿起，塞入斜斜揹著的背包當中。雖然他決意要當一天的雜碎，但此時他面對的只是一般無辜員工和保全，可不能當眞亂打亂殺、把人搞成重傷什麼的，這幾罐鎮暴噴霧劑顯然是開路的好東西。

「來啊、來啊！」阿武一手亂揮警棍，一手亂噴鎮暴噴霧劑，驅趕那些保全，此時辦公室裡一些仍未下班的職員們也加入了戰局，紛紛舉起腳邊的椅子或是垃圾桶，朝著阿武扔來，要逮捕這莫名其妙的瘋子。

阿武眼見混亂擴大，更不想浪費時間和他們糾纏，轉身奔回電梯，繼續向上，就想要一路直達二十七樓，但事與願違，他鬧事的行徑已經傳遍了整棟大樓，整棟樓的保全都收到了命令，要來逮捕這單槍匹馬殺入的怪傢伙。

叮咚——電梯又在二十三樓停下，像是斷了電一般，任憑阿武如何敲打那些數字鍵都沒有反應，原來是大樓管理室接到通報，阻斷電梯進行。

跟著電梯門讓外頭的人以蠻力扳開，幾根長棍從門縫捅入，捅在阿武肚子上，第二隊保全人員扳開了門，紛紛以掃把、長柄棍棒往裡頭一陣亂捅，想要將阿武擊倒在地。

阿武給這亂打打得疼痛至極，但這臭皮囊終究是擬化假身，會痛但是打不昏也打不死，激痛之下仍能盡力反擊。他左臂挾著幾支長棍，右手舉起那鎮暴噴霧劑又是一陣亂噴，趁著保全人員向後退散之際，衝出電梯，舉著警棍一陣亂打。

他摀著臉、甩著鼻涕眼淚，左顧右盼，知道電梯已給斷了，得找其他通道向上。他躍過幾張辦公桌，見到一旁有個漂亮女職員縮在座位望著他尖叫，便瀟灑地一手按在那女職員辦公桌上，問：「美女，逃生門在哪？我有急事要走樓梯。」

誰知那女職員驚嚇過度，突然抄起一把剪刀，咚地往阿武手背上一插。

「幹你老師咧——」阿武慘嚎一聲，拔出剪刀，一見後頭保全又追了上來，趕緊繼續拔腿奔跑，好不容易找著了逃生門，奔入樓梯間，轟地將門關上，再拔腿向上狂奔。

他從二十三樓直奔向上，第三隊保全漢子們早已集結在二十六樓間，將通往二十七樓的樓梯口堵著，他們帶著口罩、持著滅火器和長柄棍棒，居高臨下，阻止阿武繼續向上，阿武這才感到不妙，他無法繼續向上，跟著，第一隊和二隊的保全通通集結到了二十五樓，持著手銬和繩子向上逼來。阿武知道即便自己有不死假身，但倘若給五花大綁或是銬在樓梯鐵欄上，要脫身也十分麻煩。

眼見上下的保全一步一步逼近，阿武只得轉過頭，往身後那片格狀強化玻璃帷幕一躍攀上，他踩著玻璃鋼鐵框架，攀到了能夠向外推開的氣窗處，扳開了窗鎖，一翻身向外攀去。

「下來！」「哇，你別這樣！」大群本來要圍捕這瘋子的保全見了阿武竟往窗外攀逃，紛紛開口大喊，要他別衝動。

阿武只是回頭望了他們一眼，又一翻身，已經來到了窗外，他踩著鋼鐵框架，抬頭向上望，二十七樓便在頭頂上。

「哼！」阿武猛吸了口氣，向上一蹬，雙手伸得極直，這一蹦使足了吃奶的力氣，但離更上一層的窗架仍然太遠。阿武當了兩年鬼，幹了兩年牛頭，早已忘了一個凡人能跳多高，他錯估了自己的跳躍力，他的手指尖離那窗格尚還有好遠便已經逐漸向下。

「哇——」阿武身子翻騰，向下墜落，他只能盡最後的力氣狂吼：「下面的人閃開——」

轟——

阿武像是一顆爛蕃茄般地癱貼在玻璃大樓旁的大理石路面上，他的雙手歪折，雙腿扭曲，腦袋癟了一大半，血濺了周圍一整圈。

「呀——」周圍的路人尖拔狂叫了起來。

下一秒，阿武的身子動了，他用歪折的手撐起身子，用扭曲的腳蠕動著，用暴烈的髒話來驅趕身上的劇痛，一吋一吋地向大樓正面推進。

「好痛啊，痛死恁爸了！」阿武痛得流出眼淚，他能夠勉強站起來了，他那歪曲的雙腳逐漸推正，折成九彎十八拐的雙臂也一截一截接上，癟掉的腦袋瓜子也逐漸膨脹復原，渾身血跡倒褪不去，模樣依然可怖嚇人。

然而這麼一來，當阿武第二度殺入許氏集團大樓時，上前攔阻他的人便少了許多。阿武氣憤罵著，找著了樓梯，一路往上狂衝，假身不會疲累，因此這麼一衝倒也慢不到哪裡去。那些保全本來都見他墜到路邊整個人爆裂，此時卻又見他渾身浴血地凶狠衝上來，更加不敢攔阻。

阿武索性扯著嗓子大喊：「還我命來——我死得好慘啊——」

他終於來到了二十七樓宴會廳，廳中空曠寂寥，他甩著污血奔跑，一路找人，循著燈光和聲音一路找著了那貴賓室，他也不管三七二十一，一腳踹開貴賓室大門。

貴賓室中所有的人全止住了聲音、停下了動作，一動也不動地望著阿武。

「怎麼回事，你是哪位？你……你怎麼了？」黃近福反應最快，愕然地上前想要攔阻阿武。

阿武環視四周，只見到一群少年望著他，跟著他見到小滅的生魂，又見到田叔和許先生，許先生望著他的神情有些熟悉。

「啊！」阿武跟著見到在許先生的腦袋瓜上，還有另一個許先生，應當說，是許先生的生魂。

許先生的生魂驚恐地望著自己的肉身，手腳胡亂揮動，張口嚷嚷喊著。他被瘋狗上身的當下便失去了記憶，因此也不清楚瘋狗自作主張地用他的身子吸那開爐菸，讓他魂竅分離，進而佔據他身子這段過程。他或許只感到瞬間一暈，便浮到了空中，再見到自己的身子仍有意識地動著，且會說話。

他只好對著田叔大喊：「怎麼回事！這是怎麼回事！」他又向黃近福喊：「小黃！這怎麼回事？我怎麼了？」田叔見得著他，卻不理睬他；黃近福見不著他，也聽不見他。

瘋狗打算讓黃近福替他打點一些身邊瑣事，因此便讓附上黃近福身的嘍囉退了身。黃近福和許先生一樣，在鬼魂退身之後，便只感到頭暈了暈，什麼也不記得，只知道許先生的神態一下子有了些改變，此時見到個滿身是血的阿武沒頭沒腦地闖入這貴賓室，還擔心許先生不悅，便急急忙忙地上前驅趕，卻讓阿武揪著衣領，以鎮暴噴霧器噴了滿臉。

「哇——」黃近福摀著臉倒下，滿地打滾。

「幹！別裝死，快給我出來！」阿武朝著黃近福的背猛踹了兩腳，他以爲黃近福身上也附著鬼。

「啊，這傢伙是張曉武！」那些少年們身子裡的嘍囉鬼們從阿武的說話聲音認出這個沒戴牛頭面具的傢伙便是那個難纏的牛頭，紛紛離了座，惡狠狠地望著阿武，有些已經抄起了手邊的刀叉器具。

「知道就好！」阿武哼哼地喊，大步奔去，揪著一個少年衣領便朝著他臉上狂噴鎮暴噴霧。

「啊呀——」那少年登時倒地，不停抹著臉，跟著身子一顫，動也不動了，是附那少年體內的嘍囉鬼受不了疼，逃了出來。

「哈！」阿武見這招有效，二話不說便往許先生奔去。

「去你媽的！」瘋狗附著許先生的肉身，朝著快步衝來的阿武猛一抬腳，蹬在阿武的小腹上，一蹬將他蹬離了兩公尺。

「幹……都忘了你是瘋狗。」阿武恨恨罵著，一個翻身站起，扭了扭脖子，喊：「瘋狗，有種單挑。」

「挑你娘！給我打死他！」瘋狗哼地一聲，朝著那票少年們使了個眼色，給嘍囉鬼附體的少年們二話不說，全圍了上來，有的舉起椅子，有的捏著刀叉，將阿武團團包圍。

阿武不論是生前當混混，或是死後當陰差，從來沒怕過打架，此時仗著自己有一副打不壞的假肉身，更沒將這些少年放在眼裡。他用胳臂擋著那些少年們扔來的武器，一面隨意亂噴鎮暴噴霧器，噴完了一瓶便從背包中拿出下一瓶。

跟著，阿武從背包中抽出了一支黑短棒，那是一支甩棍，一抖手便成了三倍長，但仔細一看，阿武手中握著的並不只一支甩棍，而是兩支甩棍，另一支甩棍若隱若現，那是陰差專用甩棍。阿武儘管擬化出假身，但仍能摸得著陰間東西，且摸得著鬼。他一手握著兩支甩棍，打人兼打鬼。他讓幾個少年扔來的東西擲中，火氣一來，便也顧不得對方的肉身都只是十來歲的小鬼。

阿武出手加重，一棍子抽在一名少年小腿上，將那少年打得摔倒在地，附在失了生魂的肉竅上，五感真切，那嘍囉鬼痛得哀嚎一聲，身子一仰就要竄出少年體外，靈魂腦袋甫探出頭，就又捱了阿武一棍子。

阿武用以格擋少年們劈砍亂砸的胳臂，傷了又好、好了又傷；給打彎了又緩緩恢復，直了又給打彎。他仗著自己打不死，索性便咬著牙忍疼，不停亂噴鎮暴噴霧，一面揮動甩棍打那些落了單的少年們的腿。

「別跟他瞎耗！一群飯桶，給我出竅、出竅！把他給我丟下樓！」瘋狗在許先生的體內大聲下令。

「你是誰，你為什麼在我身體裡？我怎麼了？怎麼了？」許先生的生魂見自己的肉身開口說話，又驚又怒，又是惶恐。他落到了地上，拉著自己肉身的領子喊叫著。

「媽的滾一邊，姓許的，你也有今天啊！哈哈哈！」瘋狗哪裡理他，一把將許先生的生魂大力推開，一面繼續下令：「快把他丟下樓！」

眾嘍囉鬼們聽了瘋狗命令，紛紛倏地竄出少年肉身，朝阿武飛撲而去。這批鬼傢伙的力量雖不如修練多年的老鬼，但總比附在肉身裡要有用許多，七手八腳已經抓住了阿武四肢，將他緩緩抬起，轟地朝牆面玻璃擲去。

磅地一聲，那強化玻璃帷幕只小小地沾了點塵，一點也沒破損。

阿武站起身，要揮動甩棍還擊，沒打兩下，又被幾隻鬼七手八腳地逮著，轟隆又朝同一處地方擲去，這次可在窗上撞出幾道細小裂痕。

「再來！」嘍囉鬼們一擁而上，紛紛伸手要去抓阿武四肢。

突然一個雞蛋大小的玩意凌空出現，再瞬間炸開，四周亮白一片。

「哇——」許先生的生魂摀著眼睛，淚流不止，但有一雙手突然遞來一只墨鏡，替他將墨鏡戴上，還拍了拍他的肩。

阿武見那些離體了的嘍囉鬼們一下子倒成一片，可不願放過這機會，持著甩棍不停抽打那些嘍囉鬼們。

「你……你是誰？」許先生莫名地問。

「你好，許先生，久仰、久仰，我叫小歸。墨鏡先別摘！我還要扔更多閃光彈喔！」小歸嘻嘻一聲，又擲出一枚閃光彈。

「小歸別搗蛋！」阿武也讓這閃光彈映得遮眼怪叫。

「快通知臭皮，要他帶人來幫忙！」瘋狗大喝著。但離開了少年們肉身的嘍囉鬼們，個個都讓小歸扔出的閃光彈映得睜不開眼，小歸自己卻是全副防護衣、護目鏡，包得密不透風。

「小子！」瘋狗憤怒大喝著，從許先生的軀殼裡探出一隻手，手上舉著槍，但尚未來得及瞄準小歸，便讓射來的飛網纏住了手——阿武及時掏出背包中的網槍擊發。

「趁現在！」阿武吆喝一聲撲了上去，攔腰抱住了許先生肉身；小歸也抓著瘋狗單手，使勁向外拖拉。

瘋狗是凶死鬼，戾氣比尋常嘍囉鬼要大得多，即便是經驗老到的牛頭馬面也未必制服得住他。眼見瘋狗凶性大發，其他嘍囉鬼又吱吱嘎嘎地揉搓著眼睛要趕來幫忙。阿武一咬牙，取出骨銬將瘋狗伸出的手和自己的手銬在一塊兒。

「許先生，這兒極度危險，請牢牢跟著我，小弟叫作小歸！誓死保衛許先生！」小歸將許先生拉在背後，左扔一枚閃光彈，右扔一枚震撼彈，機靈地左衝右突，護衛著許先生的生魂穿出這間貴賓室的牆，向外退去。

「許先生、許先生，阿田，這……這怎麼回事啊！」黃近福在這場餐宴上並未開眼，見不到這場亂七八糟的惡鬥，只知道有個瘋子上來鬧場，本來上去助陣逮人的少年們一下子全癱在地上死了似地，他拉著田叔焦急慌亂地問：「你的法術出了什麼問題？」

田叔本只精通些皮毛邪術，對什麼陰間情事、地底規矩是一概不知，此時也僅能從阿武身上異於常人的氣息感到這傢伙大有問題，但對這場面可也一點也不知該如何處理，一切全亂了套，即便能言善道的他，此時也只能結巴地猛搖頭。「許先生給個小鬼劫走了，這傢伙……這傢伙是怎麼回事啊。」

「張曉武，你這死纏爛打的蟑螂！」瘋狗伸出許先生體外的右手，讓阿武鍔著，憤怒地揚起許先生肉身的左拳，不停擊打著阿武的臉。

只聽啪擦一聲，那是指節骨折的聲音，原來是阿武稍稍低頭，用額頭抵下了瘋狗揮來的左拳，雖然骨折的是許先生的手，但瘋狗同樣也感到錐心刺骨的劇痛。這麼一鬆懈，讓阿武猛地一拖，將瘋狗整個人拖出了許先生肉身。

接下來，便是凶惡的鬼打鬼了。阿武不顧一切地拖著瘋狗往外直衝，那追上的嘍囉鬼們，有的拿刀捅他、有的拿椅子砸他、有的撲上去張口就咬。

自外趕來的保全、職員們，見阿武獨自一人像是起乩一般，且身邊還不時飛著椅子刀子，渾身浴血，可沒一個人敢接近他。大夥兒轉向擁入貴賓室中，去照料失了生魂的許先生，和橫七豎八地倒成一片的少年肉身們。

「你放不放手！」瘋狗狂叫著，掄著拳頭不停打阿武的後腦，他的右手和阿武的手銬在一塊兒，且整條胳臂也讓阿武抱著，不論他如何毆打，阿武也只是盡力忍耐，拖著他一步一步往角落退縮。四周嘍囉鬼也起著鬨，持著各式各樣的東西當作武器，一股腦地往阿武背後狠砸。

「沒吃飯啊？大力點啊！老子剛剛才從二十幾樓掉下去……摔得跟蛋餅一樣……現在……會怕你們這些雜碎嗎……跟搔癢有什麼分別！」阿武這番話自然是逞強，但也算是吃了秤砣鐵了心，緊緊箍著瘋狗的胳臂，不放就是不放。

兩年前那夜，賴琨那場暴打難熬多了，那時可是活生生的血肉，生命一點一滴地流失，除了生理上的疼痛，更有著眼看自己即將死去的絕望感。此時這副打不爛的身體與其說是私刑，倒更接近一場重口味的遊戲。

「幹！我被打到忘記還手，看我咬你。」阿武緊緊箍著瘋狗胳臂，讓一群嘍囉鬼打得體無完膚，心中也有氣，張大了口便對瘋狗胳臂一咬。

「啊！」瘋狗怒極，他的胳臂可也讓阿武扭得疼痛難當，他戾氣勃發，現出了死時慘樣，臉上冒出兩道交叉大疤——他是給人用柴刀劈死的。此時整個宴會廳上的柔和燈光，剎時青慘起來、桌椅搖動、花瓶摔落。這才有了濃厚的鬧鬼氣氛，瘋狗狂性一發，猛一揚手，將阿武高高拋起，再狠狠地朝地板一砸，發出了極其劇烈的撞擊聲。

那些七手八腳將許先生抬出來的保全和公司職員們，見了整個宴會廳這恐怖氣氛，當下便嚇得四散，紛紛往電梯和樓梯奔逃；剩下幾個忠心的員工還合力抱著許先生的肉身，也緊跟在後頭，一下子便跑了個鳥獸散。

「田叔、田叔！」小滅驚慌之中緊跟在田叔身後，拉了拉他的胳臂，喊著：「我還沒回去，田叔，先幫我弄回身體裡！」

「喝……」田叔讓小滅一拉，驚駭之下甩脫了小滅的手，回頭看了他一眼，便轉身繼續逃。一來他尚不清楚此時情形，只當這厲鬼瘋狗當眞瘋了，他也會有危險；二來他眼見這計畫生了這麼個大變故，許先生要是還魂了，可要找他算帳，他得及早離開。

「田叔……田叔……」小滅見田叔回頭望了他一眼，又立時轉身奔逃，心中又是駭然、又是心寒，想再追上田叔，但力氣已經逐漸消失，此時他沒結紅線，即便結了紅線也沒人拉他，力氣一失便猶如一團爛泥，昏昏沉沉地軟倒在地。

「你放不放手！放不放手！」瘋狗使勁了全力拔扯阿武的手，將阿武的手腕骨頭拗斷、皮肉撕裂，但一來阿武也奮力抵抗，二來這擬人假身不管給打得多爛，都會自動復原，好幾次瘋狗幾乎要將阿武整個手腕扯斷，但在阿武奮力還擊之下，那折斷了的手腕又漸漸復原。

「看你能撐到什麼時候！等擬人針的效力退了，我要撕爛你，吃了你！」瘋狗爆怒吼著，將阿武像是鏈球一般甩動起來，看見什麼砸什麼。

阿武的身上給砸得變成了紅色，同時體膚冒出了青色的光煙，擬人針的效力消耗殆盡，阿武即將要失去這副耐打的臭皮囊了。

「哈哈！」瘋狗高高跳起，揮動阿武朝著一張大桌砸去，將大桌砸得桌腳折斷、桌面崩裂，桌上花瓶、餐盤碎裂四散，碎片將阿武胸背插得像是刺蝟一般。

阿武癱軟著，一動也不動，像條死屍似的，身上冒出的青煙更多了，身子一下子輕盈許多、微微浮起，那些插在他身上的碎片也嘩啦拉地墜下——他變回鬼了，他的手和瘋狗的手仍緊緊銬在一塊。

瘋狗將他高高舉起，只見阿武露出了一抹詭異的微笑。

「你笑什麼！」瘋狗氣憤地又將阿武朝著地上猛一甩，但只見阿武的身子穿過了地板，他褪去假身，這地板便不再能作爲攻擊他的武器了。

「你以爲這樣就解脫了嗎！」瘋狗喝地一叫，另一手抓住了阿武左手胳臂，右手反扣住阿武和他銬在一起的右手腕。阿武沒了假身，鬼魂狀態是受不了厲死鬼瘋狗的暴怒一擊，說來也怪，阿武可也算是凶死，但只論鬼魂狀態，力量卻平庸許多，只有戴上牛頭面具的情況下，他才能耀武揚威。

但瘋狗竟沒能折斷阿武的手腕，他使上了勁，卻折不斷。

瘋狗赫然見到阿武的臉已經變成了一顆牛頭，挺著粗壯大角、雙眼發紅、鼻孔噴氣。

「喝——」阿武吼地一聲，一巴掌轟在瘋狗腦袋上，將瘋狗打得翻倒在地。原來阿武早將牛頭面具藏在衣服裡，因此當他擬人針的效力褪去後，便立時摸出了牛頭面具，熟練地戴上，這麼一來，他便擁有雄壯牛頭的力量了。

阿武一拳一拳往瘋狗身上灌，壓著他一樓一樓往下竄，穿過了一樓大廳，直衝地下室，轟隆重重砸在地下四樓的倉庫地板——鬼魂能穿牆，但穿不透土地。

「剛剛你打我打得很爽吧……」阿武騎坐在瘋狗身上，對著舉起的拳頭呵了口氣。

「該輪到老子啦！」

第八章　降神

柏豪茫然地將一疊疊冥紙放上小拖板車。

小倉庫天花板垂下的燈泡外沾染著厚厚的塵，且偶爾明滅閃爍。老灰仔和柏豪打開一只只大紙箱，將裡面的冥紙搬出。臭皮要用這些冥紙來收買那讓田叔招魂儀式招來的遊魂們，吸引他們投靠瘋狗集團。

「阿豪啊，你在學校功課好不好啊……」老灰仔翻著紙箱，細細碎碎地唸著。

「超爛。」柏豪沒好氣地回答。

「阿豪啊，回家之後，要用功讀書啊，阿田小時候就是頑皮不愛唸書，他小時候眞聰明喲。」老灰仔呵呵地笑，艱難地彎下身子，探入大紙箱，摸索半天，取出幾乎快要發霉的陳年冥紙，疊上小拖板車。

「那也要我們可以離開這裡才行啊……」柏豪嘆了口氣，回頭看了看那推他老爸下樓、捅了他好幾刀的嘍囉鬼。嘍囉鬼倚在門邊，監視著他倆一舉一動。

「別肖想了啦，走不掉的啦！」嘍囉鬼哈哈地笑。

老灰仔又取出一疊冥紙，呢呢喃喃地說：「回家之後，要好好念書，好好孝順阿爸、阿母，不要讓他們操心……學費啊，不會從天上掉下來呢，都是阿爸、阿母辛苦賺回來的……」

「……」柏豪皺起眉頭，揑緊拳頭，望著那一疊冥紙，卻不伸手去取。「來不及了啦……」

「小滅他很可憐，他媽媽跟人跑了，他爸爸也不要他，阿田把他撿回家……嘉宇生得英俊，跟大明星一樣喲……阿彥仔機靈，很能幹，和阿田小時候一樣……可惜喲，通通都不學好……」老灰仔又彎腰探入大紙箱，好半晌才探出頭，取出一疊冥紙。「還是阿豪你最乖，還叫我叔公，其他囝仔哦……唉……你回家一定要好好念書，知道嗎……」

「來不及了啦！」柏豪哼了哼，仍不去撿老灰仔取出擱在地上的冥紙。

「喂！」那嘍囉鬼伸了個懶腰，見到柏豪像根木頭似地佇著一動也不動，便吆喝著：「偷懶喔！」

「什麼來不及？」老灰仔皺起眉頭，瞪大眼睛，聲音宏亮許多。「阿豪呀，你才幾歲，怎麼會來不及？要用功、要打拚，幾歲都不嫌晚，怎麼會來不及？」

「我阿母早就死了，阿爸也死了啦！」柏豪突然大吼。「我做什麼都沒用了啦，我什麼都不想做了啦！」

「你阿爸……」老灰仔愣了愣。老陳到廟裡那晚時已是深夜，重聽的老灰仔並不知道廟裡的騷動，更不知道柏豪的老爸讓這嘍囉鬼給附身後墜樓身亡。

「對啦，他爸死了啦，你還叫他孝順老爸，哈哈，可以啊、可以啊，死囝仔也死一死，跟他爸一起做伙來當鬼啦，哈哈！」嘍囉鬼笑得合不攏嘴，見到老灰仔瞪大眼睛望著他，便豎起拇指指了指自己：「他爸就是我殺的！怎樣。」

「啊！」柏豪一腳踢翻了那小拖板車，拾起一疊冥紙就往嘍囉鬼身上擲。

「造反啊！」那嘍囉鬼喝叫一聲，露出鬼相，倏地竄來，一把掐住柏豪頸子，將他往幾個大紙箱壓去。

「嗚……噫……」柏豪讓那嘍囉鬼掐著頸子，透不過氣，心中激憤，淚流滿面。

「現在小鬼都這麼囂張喔，再要狠啊！再臭屁啊！」那嘍囉鬼從褲袋摸出一把尖刀，在柏豪面前晃呀晃的，說：「昨天被我捅得還不夠喲，要不要再被……呀！」

「呃、呀……」那嘍囉鬼突然像是觸電一般，僵直了身子顫抖起來。

「咳咳……」柏豪摀著脖子，見到那嘍囉鬼臉上給貼了張符。

是老灰仔貼的符，老灰仔手中還捏著幾張符，一探手又貼了一張在那嘍囉鬼腰上。那嘍囉鬼立時掙扎得更激烈，發出淒厲的哀鳴聲，身子搖搖晃晃，倒進了紙箱堆中。

「怎麼啦？」附著阿彥肉身的臭皮一面問，一面朝這小倉庫走來。

「把假阿彥騙過來。」老灰仔低聲對柏豪說，然後背過身彎腰探入大紙箱，噫噫呀呀地喊著一些不清不楚的話。

「還不送錢過來，外面快燒完了啦，你們在幹嘛？」附著阿彥的臭皮走入小倉庫中問。

「阿彥……你……過來看……叔公他……不知道怎麼了……」柏豪一時之間也不知該如何將臭皮引來，只能胡亂說著一些沒頭沒腦的話。

「啥？」然而臭皮這當下也沒想太多，大搖大擺地走來，見到露在紙箱外的嘍囉鬼的一雙腿，愕然地問：「這怎麼回事？」

「他……他突然死掉了……我不知道……他不動了！」柏豪指著紙箱堆下的嘍囉鬼這麼說。

「啥？」臭皮愣了愣，彎下腰要抓那嘍囉鬼的腳。

「抓住他！」老灰仔一聲大喝，突然轉過身，又是一張符貼在阿彥肉身背上。

「哇！」附著阿彥的臭皮彈了起來，滿臉怒容，反手要撕背上的符。

柏豪立刻抱住了阿彥肉身，不讓臭皮將符撕下；老灰仔再一張符貼住阿彥雙眼，阿彥體內的臭皮同樣也發出了淒厲的嗥叫聲。

平時動作遲緩的老灰仔，此時像是用上了全部的氣力，讓自己的動作儘量快些。他一個轉身從角落拉出一個小罈子，揭開罈蓋，將罈口對準阿彥的口，接著，再將一張張符貼上阿彥的身，喝罵：「惡鬼，還不出來！」

老灰仔一面罵，一面對著阿彥的腦袋揮搧巴掌，搧至第四下時，阿彥這才抖了抖，一股青煙從他的口鼻溜了出來，竄入罈中。老灰仔再將罈口對準了那嘍囉鬼露在紙箱堆外的雙腿，捏了個指印，再一伸手，將那嘍囉鬼也給揪進了罈中，最後蓋上軟木蓋，以符作爲封條，封死小罈。

「快把門關上，把符貼滿牆，別讓其他惡鬼進來！」老灰仔扯著喉嚨對著看呆了眼的柏豪大喊。「傻阿豪，還發呆！」

「喔！」柏豪趕緊遵照老灰仔的指示，將散落地上的符紙撿起，跟著關上小倉庫的門，在門上貼上符，再在四周牆上也貼上符。他踩著靠牆的大箱，蹦蹦跳跳地在天花板上也貼了幾張符，這才走近老灰仔身邊，問：「叔公，你這些符哪來的？」

「憨囝仔，當然是在箱子裡找到的……這是咱的倉庫，裡頭又不只是放紙錢，還放很多有用的東西啊，那些憨鬼！」老灰仔呵呵笑著，指著恍惚轉醒的阿彥，說：「快看看阿彥仔有沒有事，沒事就起來幫忙，要開工啦！」

老灰仔大聲說著，十分有精神地大笑。他又探身進大紙箱拿取東西，拿出一樣樣雜物。他將派不上用場的全扔到一邊，用得著的擺在另一邊，是一個小香爐、幾只燭台、一些香燭，和兩、三尊以紅布包覆起來的神像；另外還有一些破爛衣物，都是些官將首的老舊服飾配件。

「阿彥，你沒事吧。」柏豪拍了拍阿彥的臉，見他逐漸清醒，便向老灰仔說：「叔公，阿彥醒了！」

「好！」老灰仔扔來一只破袋子，喊：「替他打臉，你自己也打臉！」

「啊？」柏豪愣了愣，翻開那破袋子，裡頭都是些瓶瓶罐罐的顏料，和一些繪製臉譜的陳舊工具，他不解地問：「叔公……爲什麼……」

「啊，憨囝仔，別問東問西，叔公叫你做什麼，你就做什麼，叔公要帶你們回家，要回家就聽著叔公的話做！快打臉，兩個都打增將軍，把臉塗紅紅就對啦！」老灰仔呀呀大叫，他拉來一只大紙箱，將神像、香爐、燭台一樣樣擺放到大紙箱上，再在香爐中倒入沙土，在燭台上插上蠟燭，跟著回頭催促：「臉打好了沒，打好了就穿衣服！」

「打臉？怎麼突然要打臉？」阿彥迷迷糊糊地問，見到柏豪用手指挖出一團紅顏料要抹過來，趕緊搶下柏豪手上的顏料罐，嚷嚷地說：「我自己來！」柏豪也不理他，又開了一罐紅顏料，用手指挖了就往臉上抹。

老灰仔擺好了壇，自個兒也取了罐綠色顏料，挖了就往臉上胡亂抹了抹，抹了個滿臉綠，跟著也自地上取起那些裝扮配件，往身上穿戴，一面喊：「柏豪啊，拿個打火機過來。」

「喔，打火機！」柏豪將靠腿、袖套、坎肩和雲肩一件件穿上，又戴上帽盔。一聽老灰仔要打火機，左顧右盼，問著阿彥：「阿彥，你有沒有打火機？」

阿彥不知從哪兒翻出一只破鏡，正仔細對著鏡子畫著臉譜，聽柏豪喊他，愣了愣，摸摸口袋，搖搖頭：「沒。」

「打火機，快找打火機！」老灰仔噫呀怪叫：「沒打火機怎麼點香呀！」

「外面桌上有……」柏豪想了想，來到門邊，猶豫著不知該不該開門。

「慢！」老灰仔瞪大了眼睛，突然伸出手，示意要柏豪別動，跟著靜靜地東張西望。

磅——那小木門突然一震，幾乎要給撞開。

柏豪驚駭地彈了個老遠，阿彥也讓這撞門聲嚇得在臉上的大紅底色上撇出一道大白痕。

「擋住門！」老灰仔急急說著：「惡鬼被符擋在門外，想要衝進來！」

「喝！」柏豪一聽，趕緊上前用肩頭抵著門，緊跟著又是轟地一聲撞來，那門喀啦啦作響，像是要散開一般，他連忙大叫：「阿彥，快幫忙啦！」

「什麼？」阿彥趕忙上前擋著門，但仍是愕然不知所措，不解問著：「到底發生什麼事？外面是什麼？」柏豪大叫：「是鬼，是鬼啦！」阿彥瞪大眼睛問：「鬼？是昨天那些鬼？」柏豪吼：「對啦！」

「他們想幹嘛？幹嘛這樣？」阿彥吞著口水，臉上那道大白痕漸漸暈開，成了個古怪形狀。

「想吃你這憨囝仔啦！」老灰仔一面叫罵，一面也急急忙忙地穿戴那些將首服飾，同時四處摸找，就希望能找出個打火機。

「阿彥，搬東西擋！」柏豪這麼說，跟著趕緊轉身拉來幾個還沒拆封、裝著滿滿雜物的大紙箱，兩人七手八腳地將那大紙箱擋在門前，跟著又合力搬來更多紙箱往上堆疊。阿彥在地上撿著了符，便往那紙箱上貼去。

「啊！」老灰仔瞥見紙箱推開之後地上那散落的幾盒火柴，連忙將它們撿起，興奮之餘還閃了腰，疼得幾乎要摔倒。

「叔公，你沒事吧。」柏豪關切地喊。

「沒事，快來快來！」老灰仔滿額大汗，臉色的綠色顏料不停往下滴淌，他捏著一把香，站在以紙箱暫代的小神壇前，轉頭向柏豪和阿彥招手喊：「上香啦！」

轟——更大的撞門聲響起，擋著門的幾只滿滿的大紙箱都給撞得鬆散開來。

「啊！」柏豪和阿彥趕緊再將紙箱推實，這才手忙腳亂跑到老灰仔身邊，接過那點燃了的香，跟著又是一聲撞門重響，兩人正想再回去擋門，但尚未動作，便又讓老灰仔喝了回來。「別管門啦，站好！」

「兩個給我聽好，上妝之後就是仙體肉身，要誠心誠意，不可輕佻胡鬧——」老灰仔喝喊聲音如同洪鐘、又似響雷，神情肅穆，雙眼瞪得又圓又大，便連那長年駝背此時竟都挺直了些。平時不怎麼將老灰仔放在眼裡的阿彥，此時也是一個號令一個動作。

他倆見到老灰仔將香高舉過頂，便也照著做了；他倆見到老灰仔跪了下來，便也跟著跪下；他倆見到那個平時弱不禁風，總是駝著背、瞇著眼睛呵呵笑的老灰仔在這當下，像是一個久經沙場的威武老將軍。

□

「怎麼回事？裡頭怎麼了？」瘋狗的馬子鬼扠著腰走來，喝問聚在門前的三個嘍囉鬼。

「不知道啊，大姊，進不去，門也撞不開！」一個嘍囉鬼指著那幾乎要給撞爛了的小木門，門外還抵著一張長桌，方才幾個嘍囉鬼便是以這長桌重撞那小木門。

馬子鬼扠著腰氣呼呼地來到那門前，大力拍著門，罵著：「裡頭在幹嘛啦，外面錢燒完了！」

「呀！」「哇？」廟外騷動了起來，一聲一聲的尖喊此起彼落，跟著大批嘍囉鬼和剛加入的新成員鬼，一隻隻地擁入了廟裡。

「又怎麼了？」馬子鬼縱身一躍，躍到了近窗處，只見到空地外哄哄鬧鬧，一個身穿風衣、戴著墨鏡、戴著黑手套，揚著一把霰彈槍的蒼白男人，大步走了過來。

「那傢伙是誰？」馬子鬼訝然喊著。

「那是俊毅城隍！我們上去拿傢伙和他拚了！」一個嘍囉鬼齜牙咧嘴地滾回廟裡，他一手摀著腰，像是中彈一般，跟著連滾帶爬再一個翻身竄上二樓。

二樓裡的開爐室囚著幾個被摘了面具的陰差，一旁的小茶几還擺著那只裝著少年生魂的葫蘆，角落還有許多裝備，都是些網槍、閃光彈、甩棍，也有不少陰間土製手槍、開山刀、狼牙棒等瘋狗集團自己帶上來的武器。

嘍囉鬼們一隻隻竄上二樓，分發槍械，湊近窗邊往外看。廟外是激烈大戰，數個戴著陰差面具的嘍囉鬼將俊毅團團圍住，但他們手中大都只有甩棍。只見俊毅拋起一顆閃光彈，四周登時一片亮白，跟著是一發、一發的轟響，那是霰彈槍的槍聲。

磅——磅磅——俊毅開兩槍，擊飛幾隻殺來的嘍囉鬼，迴身一腳踢飛一個想要趁機偷襲的小遊魂。大衣隨著他的轉身而揚開，俊毅磅磅又是兩槍，將一個戴著牛頭面具的嘍囉鬼轟倒在地。

側邊一個牛頭嘍囉鬼持著甩棍揮來，俊毅高舉霰彈槍擋下，後頭又一個馬面嘍囉鬼竄來，一棍子打在俊毅後背上。

俊毅向前撲撞，和前頭那牛頭嘍囉鬼撞成一團，牛頭嘍囉鬼抓住了俊毅的霰彈槍不讓他擊發，後頭的馬面嘍囉鬼緊接著殺來，兩旁其餘的牛頭馬面嘍囉鬼也立時一擁而上。

「哼！」俊毅放開一手，從腰間拔出雙槍之一，磅磅磅磅地一連開了十數槍，擊退幾個要攻擊他的嘍囉鬼，又將槍口抵著抓著他霰彈槍不放的牛頭嘍囉鬼的小腹，磅磅磅連開三槍，將那牛頭嘍囉鬼擊得鬆手飛開，倒在地上不停顫抖，這最新式的電擊槍確然不同凡響。

俊毅奪回了霰彈槍持在右手上，左手持著電擊槍，時而擊發霰彈，時而連發電擊槍，一步步朝奉靈宮逼近，他偶爾先以電擊槍逼退眾鬼，然後快速從口袋取出霰彈塡裝入槍，跟著再開槍。

「那傢伙未免太囂張啦！」竄上二樓取了槍械的嘍囉鬼們也紛紛舉起土製手槍，朝著俊毅開槍。

俊毅翻了個身，打了幾個滾，還掉了十來顆霰彈和兩枚閃光彈，也無暇去撿。他向前一竄，竄入了奉靈宮中，想要藉著室內壁面掩護，鬼雖能穿牆，但有著牆壁遮蔽視線，至少也會怕誤擊同伴而不敢隨意開槍，俊毅遁入廟裡，便不會像在外頭空地上那般成爲活靶。

「呀！」一個剛加盟瘋狗集團的小遊魂持著菜刀劈來，讓俊毅一發霰彈打飛穿過四道牆，又一個小嘍囉鬼舉著土製手槍凌空探下身，朝俊毅連開數槍，一槍擊中俊毅右肩，一槍擊在俊毅小腹上。俊毅也即時還了他一記霰彈，將他轟得面目全非，摀著臉四處竄逃。

俊毅一個縱身，也上了二樓，一群嘍囉鬼立時朝他開槍，俊毅連發霰彈還擊，霰彈很快擊盡，他掏摸口袋半晌，霰彈彈藥全在方才空地落光了，他只好拋下霰彈槍，掏出另一把電擊槍，電擊槍沒有彈藥限制，但擊發一定次數之後，需要一段時間自行充電。

俊毅持著雙槍，左衝右突，卻無法逼近開爐房，他扔出一枚閃光彈，嘍囉鬼們立時也回扔好幾枚閃光彈。

一陣槍戰，俊毅漸漸落了下風，除了敵我人數懸殊之外，這批瘋狗集團嘍囉鬼們的彈藥似乎太多了。俊毅被逼到了二樓角落，身上已中了十數槍，憤慨地倚著牆喘氣，他見到一枚擲來的煙霧彈，心中憤慨，那是城隍府某一年的舊裝備。

這批嘍囉鬼們武器豐富，彈藥像是用不盡般，顯然是地下那批給其他陰差領走的嘍囉鬼們額外得到的補給品。

瘋狗的馬子也舉著一把土製手槍，得意洋洋地不停開槍，喊：「等我老公回來，我要送他個大禮，他一定會很開心！」

「隻手果真難回天。」俊毅苦嘆，探身又開數槍。他這雙槍是鎮暴槍，僅有電擊效果，威力雖然要比網槍強大太多，但卻無法讓鬼魂重傷，此時先前被擊中的鬼魂又紛紛得以活動，持著武器向上圍來，都要逮這陰間城隍。

俊毅望了望窗外夜色，見到兩個小遊魂飛上窗，便磅磅地開了兩槍，心中激憤，一轉身風衣飄揚，揚起雙槍瘋狂擊發，射倒一隻又一隻嘍囉鬼、小遊魂們，當他逼近瘋狗馬子時，雙槍電力又已耗盡，進入自動充電狀態，俊毅摸摸腰間，閃光彈也已耗盡。

磅——俊毅再次中槍，兩槍、三槍、六槍、九槍。

俊毅身子一沉，落下一樓，一群嘍囉鬼撲追上去，七手八腳地抓住了他，有的揮拳就打，有的抬腳猛踏，將俊毅壓在地上狂毆。

「不自量力，一個人就來踢館喲！」瘋狗馬子落下，一腳踩著俊毅胸膛，又一巴掌打飛俊毅戴著的墨鏡，呀了一聲：「這個城隍還挺帥的。」接著她見到幾個嘍囉鬼都望著她，便又補充：「當然沒我的瘋狗老公帥！把他綁起來，等瘋狗大仔回來發落！」

「對了，還有那邊……」瘋狗馬子轉過頭，看著曲折廊道一角地上倒落的長桌，吆喝著眾鬼：「去看看到底怎麼回事，快把門打開，把錢全弄出來，氣死人了！」

「是，大姊！」幾個嘍囉鬼應答著，急竄過去，抬起長桌又開始撞門。

轟！轟！轟！這次幫忙的嘍囉鬼多了，將那長桌撞得折成兩半，同時也終於將那小木門撞開了。幾個嘍囉鬼自那半敞的小木門竄了進去，只見老灰仔三人跪在那大紙箱壇前，一動也不動。

「這是怎樣？」一個嘍囉鬼上前一把朝著老灰仔肩頭抓去，將老灰仔提了起來。

老灰仔回頭，一張綠臉上兩隻眼睛爍爍發亮。

「哇——」那嘍囉鬼本來還沒會意，但只覺得抓著老灰仔肩頭的手猛一劇痛，是老灰仔伸手扣住了他手腕，然後，又一腳轟地踢在這嘍囉鬼心窩上，將他踢得飛撞上牆，牆上貼著符，這鬼便穿不透了。

「這凡人所言不假，這地方當眞惡鬼橫行，左右增將軍，跟上！」老灰仔歪著頭，以尖銳怪異的腔調說著。

「是，損將軍！」柏豪、阿彥也轉身站起，四周看了看，柏豪持起大紙箱上兩只燭台，阿彥則一把抓起香爐，一左一右跟著老灰仔向前。

「啊……啊啊！」擠進來的嘍囉鬼見此陣仗，嚇得退了出去，驚聲喊著：「將首！是將首！」

「啥？」瘋狗馬子死沒兩年，對一些神職官名當然不了解，她手一招，幾個嘍囉鬼紛紛舉起槍對著那小木門。

轟隆，小木門向外炸裂，木板、紙箱、雜物炸散一地，兩個人影竄出，一左一右。嘍囉鬼們情急之下連忙開槍，卻沒一發擊中柏豪和阿彥。阿彥喝喊一聲，倏地將手中的香爐擲來，碰地砸爛了一個狂開槍的嘍囉鬼的腦袋。

「啊！是將首啊，官將首！」更多嘍囉鬼和小遊魂見了一臉赤紅的柏豪和阿彥，嚇得連連退後，有些甫加入瘋狗集團的小遊魂們立時便丟下了手中的武器，抱頭逃跑。

「什麼將首啊？到底是什麼東西！」瘋狗馬子見赤臉柏豪、阿彥和居中的綠臉老灰仔三人氣勢凶烈，也不禁有些膽怯，躲到了幾個嘍囉鬼背後，驚慌問著：「將首是什麼？」

「是……是……」那被問到的嘍囉鬼結結巴巴說不出話，另一個嘍囉鬼倒是搶著開口：「牛頭馬面就好比是陰間的基層條子，黑白無常是高級條子，這……官將首啦、八家將啦，就像是特種條子……像是凡人的霹靂小組、維安特勤隊，或是電影裡的香港飛虎隊……」

「維安特勤隊？很厲害嗎？」瘋狗馬子花容失色，驚慌地問。

「大姊，妳也當過人，總看過新聞吧，特種條子當然比基層條子厲害！」那嘍囉鬼急急說著，想要開槍，但一見身旁那沒了腦袋的嘍囉鬼，便拋了槍轉身飛逃。

「想逃！」掙扎站起的俊毅一把抓住了那想要竄逃的嘍囉鬼腳踝，將他一把拉回，碰地一拳打在他臉上，跟著又朝著那傢伙腹部開了一記電擊槍，將那嘍囉鬼電倒在地。

「上！」老灰仔一聲令下，柏豪、阿彥左右跳開。柏豪衝出廟外，見了手上持械的鬼便打；阿彥在廟中奔跑，撿起那只香爐，看哪個還不放下武器，便砸爛哪個腦袋。

「特勤隊的弟兄來得正是時候！」俊毅也來不及寒暄什麼，奮力躍上二樓開爐房，見到大強、保弟等陰差都給摘了面具，銬在一塊兒，趕緊上前取出鑰匙解開骨銬。鬆了綁的陰差們氣沖沖地殺下樓，想要找回自己的陰差面具，他們見到廟外空地上，幾個牛頭嘍囉鬼圍住了柏豪，嘍囉鬼們仗著自己戴著陰差面具、力大無窮，便也不太懼怕將首上身的柏豪。

「那幾個傢伙搶劫陰差面具，不是真的陰差！」保弟朝著柏豪大喊。

「這位城隍。」老灰仔來到俊毅身旁，冷冷望著他。「你們一整隊弟兄的陰差面具都給搶了，會不會太離譜？」

「損隊長……」俊毅虛弱地攤攤手，也不知該從何解釋起，只好說：「陰間黑暗，你我心知肚明，我不想多解釋，總是這次算我欠你們的人情！」

那頭，柏豪已經以燭台捅入一個馬面嘍囉鬼的肚子，一把摘下了他的面具，隨手一拋。

「啊，那是我的！」保弟二話不說便飛竄過去，撿起那馬面面具就往臉上套，果然覺得精神百倍，力氣全湧了出來。一個飛躍又抱住一個牛頭嘍囉鬼，將他拉倒在地，狂毆數拳，拔了他牛頭面具，大力一拋，喊：「大強，你的！」

「好了！幹活！」俊毅費力高喊下令：「一個也別放過，先搶回自己的面具——」

□

許氏集團亞洲總部，地下四樓。

阿武壓在瘋狗身上，揍了他兩拳，但第三拳卻讓瘋狗給擋了下來。

瘋狗面露凶光，大吼一聲，臉上那交叉血疤飛濺出黑色的血，身子彈了起來，雙手掐住阿武脖子，將他向後飛壓，怒喊著：「你以為變成牛頭就可以制住我？」

「唔——」阿武感到一陣窒息，跟著他感到頸際發涼，是瘋狗試圖摘除他的牛頭面具。

「我要你死無葬身之地！」瘋狗怒極暴吼，卻突然一顫，覺得腋下刺痛，跟著一陣痙攣，全身發起抖來，忽冷忽熱，又麻又癢，身子一軟，倒了下地。

「瘋狗大仔！」「大仔！」嘍囉鬼們竄下了樓，找著了這兒，卻見到阿武嘿嘿笑地站著，瘋狗卻歪七扭八地癱在地上發抖。

阿武彎腰，自瘋狗腋下拔出了個東西，是支針筒——擬人針，此時針筒當中還剩下少許藥液。

「我變成牛頭，還是打不過你，但還可以把你變成小雜碎，起來，我們再打第三回合。」阿武將那針筒收回斜斜揹著的破爛背包中，將掙扎發抖的瘋狗提了起來，問：「這藥很過癮吧，就是因爲太爽了，所以我只打了一點點，就快要受不了了，哈哈！」原來阿武並沒有將全部擬人藥液都注射進體內，所以藥效只持續了一小段時間便恢復爲鬼。

而此時的瘋狗口齒打顫，身子漸漸化出肉體，還沒接上話，肚子便吃了阿武一拳。

「剛剛老子被摔來摔去，實在是不爽到了極點！」阿武哈哈大笑，手一揚，甩著瘋狗朝一處水泥大柱轟隆撞去，瘋狗的神情扭曲，眼睛圓瞪，舌頭外吐，也體驗到擬出假身之後的五體觸感。

「還沒完咧，吃我一記ＤＤＴ！」跟著阿武手一張，反勒著瘋狗頸子將他腦袋挾在右脅下，跟著雙腿向前蹬起，上身卻向後一倒，挾著瘋狗腦袋往地上撞，這是一記摔角招式。

「瘋狗大仔！」幾個嘍囉鬼趕忙來救，全讓阿武一腳一個踢飛老遠。此時的阿武戴著牛頭面具，尋常的小野鬼已不是他的對手，他一把掐住一個趕來救老大的嘍囉鬼，磅地賞他一記頭錘，挾在脅下，跟著又一拳扁歪了一個嘍囉鬼的嘴，將他踩在腳下。其餘的嘍囉鬼見這牛頭阿武凶狠難纏，便也不敢再逼近，紛紛四散竄逃。

「小歸──小歸死哪去啦！」阿武大喝。

阿武足足大喊了五分鐘，小歸這才穿牆落下：「吵死了，我在和許先生談生意啦！」

「是嗎？談得怎樣啦。」阿武白了他一眼。

「很抽象，很難形容，不過總之這關係打好了，我也把他弄回身體裡去了，不過他手骨折了，是不是你打的？」小歸從背包裡取出兩只骨銬，將兩個嘍囉鬼和瘋狗銬在一塊兒，再替阿武解開了骨銬。他見到瘋狗擬成了假身，對著阿武哈哈一笑：「虧你想得出來，這樣他就沒辦法使用厲死鬼的力量了，這傢伙生前應該只會裝狠，都沒在練，肉都軟軟的。」

「幹！我在打打殺殺，你只顧著巴結許先生！」阿武甩了甩手，見小歸嘰哩瓜啦說個不停，便氣呼呼地罵：「你知道我剛剛被打得有多慘嗎？」

小歸搖搖頭：「我沒看到，我只看到你在虐待犯人，你把他們打成這樣，小心他們告你。」

「告我？」阿武哼了哼，牛鼻子噴出熱氣，搥著嘍囉鬼和瘋狗的腦袋，問：「你們告我什麼？」搥得三個傢伙不住求饒，這才罷手。那瘋狗擬化出假身，褪去了厲死鬼的凶氣，被阿武狠狠修理一番，老大氣焰全失，即便心中憤慨，也不敢再囂張嗆聲了。

「對了，王仔也來了。」小歸這麼說。

「咦？」阿武一愣，問：「他不是還在醫院，怎麼來了？」

「你以爲這裡是哪裡？這裡是許氏集團亞洲總部，你大鬧人家總部，從二十幾樓跳下去，打打殺殺，不要說王仔，大概連警政署長都要親自趕來了。」小歸攤攤手說，跟著指指上頭。「王仔的直屬長官也來了，我剛剛從樓上看到他在罵王仔。」

「王智漢，你給我好好講清楚，你到底在搞什麼鬼！」劉長官挺著大啤酒肚，氣急敗壞地指著腦袋還包著紗布的王智漢，大聲喝問：「這件事跟你有沒有關係！」

「這……我也不知道跟我有沒有關係，我看到新聞才趕來的。」王智漢攤了攤手，無奈地說。凌晨時他失血過多，到了醫院時幾乎要暈厥，一直昏睡到了下午才悠悠醒轉，許淑美希望他多住院幾天，好好休養，他卻想趕緊出院，至少得聯絡上阿武等人，想繼續把這件案子幹完。

傍晚之後，許氏集團遭到瘋子入侵的消息，在第一時間就登上各大電視台新聞頭條。王智漢一見監視器拍下的「瘋子」身影，就認出這傢伙是張曉武，又豈有不立時趕來的理由。

他抵達時，大批警力已經將整棟大樓團團包圍，在那當下正是瘋狗發狂之際，二十五樓以上電力受到瘋狗厲死鬼的凶氣影響，電梯動彈不得，安全門也全部關上，裡面阿武正被瘋狗狠狠修理。

王智漢想要潛入其中，但卻被直屬長官眼尖瞧見，揪著他到了人少的地方痛聲斥罵。

「你昨天是不是去那間廟惹事？」劉長官憤然大罵。

王智漢先點點頭，又搖搖頭說：「我不是去惹事，有個孩子的爸爸找我，說他孩子被人誘拐，就是那間廟。」

「那爸爸在哪？孩子又在哪？」劉長官喝問。

「那爸爸……」王智漢欲言又止，他知道若他說「那爸爸死了」，劉長官必然又要窮追猛打，他總不能說是讓陰間幫派的一隻小鬼附身跳樓摔死的。他只好回答：「我只是陪那家長去找孩子，夜深了，做父母的總是會擔心。那孩子現在應該還在廟裡，我還得再去看一下。」

「不必了！你沒有搜索令，你怎麼可以擅自行動？我不是跟你說過不要碰那間廟，不要碰那些跳陣的小鬼！」劉長官怒喝，他眼尖瞥見遠處小巷外頭有些記者，趕緊壓低聲音，湊近王智漢耳邊說：「那間廟背後有人在挺，你惹不起！」

「對，以前賴琨我也惹不起。」王智漢淡淡地說。

「對！你確實惹不起！」劉長官憤怒地說，又補充：「賴琨被檢察官求處死刑，被法官判無期徒刑，減刑剩十五年，現在關了一年，再過個幾年假釋放出來，你會後悔你曾經得罪過他！」

「那到時候他敢亂來，我會再送他回去。」王智漢哼哼地說，跟著苦笑：「總有人該做些什麼。」

「無論做什麼都得按規矩來，我不發搜索票給你，你竟然擅自闖人家廟，還動了手對不對？」劉長官用手指戳著王智漢的腦袋，怒叱：「昨夜就有人打電話關切過這件事，我花了好大工夫找你，找不到人，你現在突然出現在這裡，到底在玩什麼把戲？你以爲自己是大英雄，兩年前抓了個賴琨就了不起啦！要是每個警察都像你，天下就大亂啦！」

「要是每個警察都像我，我就可以拿到搜索票去幫一個走丟孩子的老爸把孩子找回來，不用違規去闖人家廟，被搞得失血過多掛急診，差點死在醫院裡。」王智漢冷冷地說。

「這裡沒你的事了，你受了傷就給我滾回家去睡覺！給我個滿意的報告，不然不管你是黑道剋星還是什麼碗糕剋星，你會回家吃自己！」劉長官幾乎要將嘴巴貼在王智漢耳朵上這麼說。

「是。」王智漢攤攤手，冷笑幾聲，轉過身走出小巷。他已不再年輕，暴躁性格早已收斂許多，類似的情形見怪不怪，劉長官這麼罵他也不是一天、兩天的事了，通常在這種情況之下，他不會再爭辯什麼，死賴著警界一天，便能多逮個混蛋，也是好的。

他走出小巷，伸了個懶腰，心想或許可以偷偷再摸去那廟探探後續發展也好，卻突然聽見背後小巷傳來一聲尖叫，是劉長官的尖叫。

「嗚哇——」劉長官雙手給人架著，雙腳動彈不得，驚恐地大聲嚎叫：「你是誰，你想做什麼！你幹嘛啊？」

一個戴著挖出兩個眼洞的牛皮紙袋的傢伙，以一支玻璃碎片抵著劉長官的頸子，將他押出了小巷，立時引起所有記者和警察的目光，騷動像是炸彈一樣爆開，劉長官受人挾持的畫面瞬間登上所有新聞台。

「我不告訴你我是誰，其實我是正義使者！」戴著牛皮紙袋的傢伙將嘴巴湊在劉長官耳邊說。「你想破頭也不會知道我是誰，哈哈哈！」

「你不要亂來——」「把玻璃放下！」「把人放開！」一群警察舉起槍，指著押著劉長官的紙袋男。

王智漢混在人群中，也跟著拔出槍來，擠到了最前頭，一齊大喝著：「你幹什麼！」

「我就是要亂來，我是神經病，我插他屁股！」紙袋男呀呀叫著，突然持著那片尖銳玻璃捅了劉長官屁股好幾下，跟著又迅速地將尖銳玻璃抵回劉長官的脖子。

「住手！」「你不要亂來！」警察們慌亂地想要逼近，又讓紙袋男喝退。

「我生氣、我不爽，我就是要亂來！」紙袋男嘿嘿怪笑著，伸手在劉警官身上亂摸，解開他皮帶，扯開他的襯衫，還將那尖銳玻璃刺在劉長官另一邊屁股上。

「哇！」劉長官讓玻璃一刺，像是觸電一般彈起，整個人向前撲倒，所有警察一擁而上，將紙袋男壓倒在地，一把摘下他頭上的紙袋。

「警察打人啊……」被摘下紙袋的紙袋男擠著鬼臉，五官全皺在一起，一時也看不清楚眞實模樣，但王智漢早先聽他說話聲音便已認出這傢伙是張曉武，不禁啞然失笑。

「別拍了、別拍了！」一群警察押著阿武，將他推押上警車，突然車中一陣騷動，阿武已然消失，那是最後幾滴擬人針藥液的效力。

第九章　最後的教誨

「嘉宇啊，沒事沒事，叔公在這裡，別怕別怕，把藥喝下去，喝下去就好了。」老灰仔鬼鬼祟祟地在病床前，拍著嘉宇的背，慢慢地餵嘉宇喝下一小杯黑褐色的燉湯。

「咳！咳咳！」嘉宇神智恍惚，歪著頭不住發顫，一小杯燉湯喝得淌滿胸前，一旁柏豪遞來紙巾，老灰仔一面嘆氣，一面替嘉宇擦去衣服上的湯渣。

柏豪轉頭望了望另一張病床上的小滅。小滅閉著眼睛，靜靜躺著。

兩週來，小滅若不是閉著眼睛躺著，便是靜靜望著天花板，偶爾會起身上個廁所，除此之外一動也不動，不理會任何人的呼喚。小滅的身體仍然十分虛弱，虛弱到有時莫名在廁所中昏倒，或是一睡十數個小時不醒，鄰床的嘉宇也是如此——他們過度開爐，身體早已不堪負荷。

青白色的病房中另有四張空床，本來都躺了人，都是奉靈宮的資深少年們，他們以往並未如小滅和嘉宇那樣被田叔器重，身體反而恢復得快，其中有些被家人接了回去，有些則被安頓到社福機構的臨時收容所。

「叔公……他們會好起來嗎？」柏豪愣愣地問。

「他們乖乖喝藥，慢慢會好起來……」叔公嘆了口氣，聽見病房外醫生巡房的腳步聲逐漸逼近，便改口：「是雞湯，雞湯很補，多喝一點營養，會好得快。」老灰仔邊說，邊蓋上藥燉雞湯的蓋子，提起盛裝雞湯的保溫瓶，揹上老舊的背包離開。

柏豪跟在老灰仔後面下樓，兩人一語不發默默走著，老灰仔突然回頭問：「阿豪啊，今天在學校還好嗎？」

「嗯……」柏豪點點頭。

「同學的東西……」老灰仔問。

「還給他了。」柏豪淡淡地回答。兩天前他將那支名貴手機還給了同學，被學校記了兩大過，同學的家長看在他父喪的份上，沒有繼續追究，學校也樂得大事化小。

他們離開醫院時已近傍晚，街道上車水馬龍，柏豪帶著老灰仔找著了公車站牌，送老灰仔上公車，自己則搭上另一路往自家方向駛去的公車。老灰仔上車前叮嚀了他不少話，多半是要他在學校要聽老師的話、不要惹是生非、要堅強振作之類的勉勵。

他空洞地望著公車窗外，半小時後，他下了車，經過一條菜市街，轉入一條小巷，進入其中一棟老舊公寓。他一步一步踩踏著階梯，覺得雙腳沉重。

他開門踏入屋內，日光燈一連閃爍了十數下才完全亮起，即便是亮起時的燈光也是青慘慘地毫無生氣，這個家和以前一樣，一點也沒有變，還是那麼樣地陰鬱、令人窒悶。

但柏豪現在想要多看這個家幾眼，他能夠待在這兒的時間不多了，這間屋子在不久後會被法院拍賣，用以償還老陳生前留下的負債，而柏豪則會被送往社福機構安排的中途之家。

柏豪在家中繞了繞，來到了沙發躺下，一點也不想翻動書包中的功課，他覺得自己的人生似乎在十四歲這年就已畫下了句點，他失去了一切。他把手腕擱在眼上，卻沒辦法擠出眼淚，他的眼淚在事情結束的那一、兩天裡落得差不多了。

啾！啾啾啾啾啾啾——門鈴聲大作。

「！」柏豪呆然立在門前。

鐵門外頭的那熟悉身影令他幾乎要尖叫出聲——那是老陳，是他老爸。

「還愣著幹嘛，快開門！」老陳高聲喝叱，儘管嗓門依舊響亮，但他臉上那股長年積鬱的怨懟氣色已然消失無蹤，取而代之的是一種豁達的清朗。

在老爸的喝令下，柏豪也無法多想，趕緊開了門，他腦袋中還閃過一絲以往因開門時動作過慢，而被進門老爸大聲喝罵的情景，而本能性地向後縮了縮。

老陳大步走入屋內，柏豪聞到鹽酥雞和滷味的香味，並見到老爸手中還提著一大袋酒。

「家裡還是一樣亂！」老陳哈哈一笑，將酒和菜一把全放上桌，伸了個懶腰，磅地一屁股坐進破舊沙發上，和仍呆立在門邊的柏豪大眼瞪小眼了一會兒，這才說：「你站在那邊幹啥？過來吃東西。」

「我吃過晚餐了……」柏豪兩眼發直，他說不上這當下是什麼感覺，腦袋裡唯一的想法是懷疑這是否是場夢。

「吃過晚餐可以吃宵夜啊，有你喜歡的雞皮。」老陳向柏豪招了招手，從滿滿的鹽酥雞紙袋中抽出幾串炸雞皮。

柏豪茫然中走向前，接過了一串雞皮，悶不吭聲地坐在沙發邊，離老陳尚有一個空位的距離，靜靜地吃了起來。

老陳替自己開了酒，又替柏豪也開了一瓶汽水，塞進他手裡，說：「爽快點，用灌的。」

柏豪點點頭，就著瓶口灌了一口汽水，又吃了口雞皮。雞皮炸得酥脆，香味四溢，將他茫然的思緒拉回現實，他向老陳眨了眨眼，問：「爸，你是怎麼活過來的？」他這麼說時，還伸手碰了碰老陳的胳臂，仍是那樣粗壯有力。

「活過來？」老陳呆了呆，哈哈一笑，說：「我沒有活過來，我是來看你最後一眼的，看完我就要走了。」

「可是你看起來就和活人一樣，你明明是活的啊？」柏豪瞪大眼，又碰了碰老陳的胳臂。

「這是陰間一種叫作什麼擬人什麼碗糕針的藥啦，注射下去，像是活起來一樣，但是只有幾個小時而已，時間一到，恁爸又變回鬼囉。」

「……」柏豪楞了楞，問：「所以，你還是死掉的囉？」

「廢話！」老陳哼了哼，說：「你爸我摔得頭殼都破了，不死也不行啊。」

「那你摔下去的時候，會不會痛啊？」柏豪不知道爲什麼自己這麼問，但是他還沒想到爲什麼這麼問時，他的眼淚就已經落了下來——他以爲他老爸復活了，結果不是。

「別哭啦，男子漢大丈夫，哭什麼哭！」老陳推了推柏豪的肩膀，卻見他哭得更激動了。

□

「原來是這麼一回事。」王智漢叼著菸，深深吸了一口，又呼出。

夜深人靜，斜前方一棟老舊公寓其中某一戶就是柏豪家。

「那個笨大叔喝了酒就發酒瘋，又不會教兒子，不過生平沒幹什麼壞事，工作也挺認真的，輪迴證應該很快就會下來，他想看看孩子最後一面，俊毅批准了，我帶他上來，讓他們父子倆團聚一下。」阿武也呼出口煙，他此時又是擬人狀態。兩週前那行動裡，阿武對擬人針的效果十分滿意，小歸進了一批擬人針藥液，打算向俊毅兜售，先送了一瓶給阿武試用，阿武今兒個便用上了，不但給老陳注射了一針，也替自己注射了一針，來和王智漢敘敘舊。

兩週前那夜在奉靈宮外，老灰仔領著柏豪和阿彥，請來了眞正的官將首，打破僵局，也幫助俊毅等陰差奪回面具，大舉反擊，打爛了招魂壇。那些遊魂野鬼恍如大夢初醒，紛紛慌亂四竄。俊毅等又搶回了停在奉靈宮外那批重型機車，一人一輛，騎著追捕瘋狗集團的黨羽。

再之後，小歸、阿武等也將擬化成人的瘋狗和兩個嘍囉鬼押回，那晚總計擒獲了包括瘋狗在內，一共二十來個集團成員。後來又花了整整兩週，這才將被田叔大招魂壇招上來的陰間遊魂通通趕了下去。

「你有沒有那個臭廟公的下落，我眞他媽想狠狠揍他一頓，這次他弄這混蛋把戲，把我們整個城隍府快搞死了。」阿武恨恨地說，他的漂亮重型機車雖然失而復得，但連續兩週沒日沒夜地加班趕鬼，操勞疲累到了極點。

那晚田叔落跑之後，音訊全無。

「我也還在找，不過長官交代別碰他，我也懶得理了。那傢伙現在處境應該很苦，王董在找他，他地盤上的角頭土方也在找他，警方在找他，許先生也在找他，就連你們底下也在找他。說不定你還會比我先找到他……」王智漢苦笑了笑。

「嗯，這倒是真的，那混蛋把一堆大角色都得罪光了，現在不但可能藏在某間小廟裡準備跑路，更有可能躲在土裡、或是躲在水底、或是躲在岸邊的水泥消波塊裡面……這要怎麼找啊？」阿武嘿嘿一笑，心想要是那田叔讓警方找到，或許還能保住一條小命，要是讓另外三路人馬先找到，那真要勞煩陰差來接他上路了。

「他跑了，廟裡那些死小鬼現在怎麼辦？」阿武問。

「醒來的都回家了，還好多個躺在醫院，其中幾個之後出了院，還得跑幾趟少年法庭。」王智漢答。

田叔的勢力瓦解，附近一些受過小滅等人欺壓的店家百姓也得以紓解，紛紛告發檢舉，除了奉靈宮的違建得拆掉之外，一些恐嚇、傷害之類的官司也免不了了。

「這樣也好，總算不是什麼殺人放火的重罪，進觀護所給人管管說不定會乖一點。」王智漢這麼說，還白了阿武一眼：「比你以前好多了。」

「呿！我早就洗心革面了，我是浪子回頭金不換。」阿武不服氣地說。

「浪子回頭？你一有機會變成人，就挾持警官，還刺傷他，這樣叫洗心革面？你知道劉長官傷得多重嗎？他到現在都沒辦法坐！」

「那你逮捕我好了。」阿武將兩隻手併著舉起，一副願意戴上手銬的樣子。

「操！」王智漢哈哈大笑：「換你說說，那些惡搞你們的城隍最後有沒有怎樣？還有那瘋狗後來咧？」

「瘋狗那批人喔，每個很慘喔——這事情鬧太大了，連特勤隊都下來了，壓不下去，瘋狗那批傢伙每一個都被判下十八層地獄了。但背後幾個煽動的城隍一點事也沒有，就跟俊毅預料的一樣，他們聯手竄改了瘋狗的死後紀錄，把責任全推到瘋狗身上。那個可憐的傢伙，雖然他狠狠揍過我，但是看他一進閻羅殿就被打爛嘴、栽贓一堆罪名，多了十倍刑罰，還滿同情他的。」阿武攤攤手，無奈地說。

「嗯，真的滿黑的。」王智漢點點頭，默然不語。

「不過呢，還是有爽的一面，小歸那小子真的跟許先生談得很來，聽說許先生最近要跑好幾場法會活動，小歸會撈到撐破肚皮。」阿武哈哈笑著說：「對我們最大的好處就是，小歸這小子還算有良心，將許先生法會轉下來的資金其中一部分，用整個俊毅轄區住民的名義，捐助給我們城隍府，整修那些被壞城隍手下打壞的電腦、辦公室，還有俊毅的車、我們新裝備的錢都有著落啦，哈哈！」

「夜再怎麼黑，旭日終會東昇！」阿武大喊，又補充說：「這是俊毅說的，酷吧。」

「黎明很快變成中午，又黃昏，然後又天黑。」王智漢哼了哼。

「然後再天亮！」阿武捏緊拳頭。

「又天黑。」王智漢朝阿武呼了口煙。

「幹！我說會再天亮！」阿武揮著拳頭扯開話題，向王智漢炫耀自己那台重型機車，拍著油箱上那換新的警示燈，和幾個住民合贈的祈福吊飾。

□

老陳痛快喝著酒，一面還替柏豪的杯子添滿汽水。他見到柏豪呆愣愣地望著他，笑著說：「怕啥？俉爸現在喝不醉了，這個身體是假的！放心，不會醉，不會發酒瘋，不會罵人，不會打人。快吃、快吃，俉爸就要去投胎了。你快交個女朋友，幹個兒子出來，說不定就是俉爸轉世投胎，到時候讓你好好罵、好好打！」

「就算是我欠你的……」老陳說到這裡，笑容褪了幾分，挾了口菜吃下，又哈哈大笑，說著一些陰間趣事。

「阿爸，你在底下有沒有見到媽跟弟弟啊？」柏豪紅著眼眶、吸著鼻子，他心中感傷，但聽他提起已逝多年的母親，又聽他講述那些陰間瑣事倒也有趣，隨口問著。

「你媽和你兩個弟弟早投胎了，好人都很快投胎。」老陳有些得意：「我剛死，就準備要投胎，表示我是好人，哈哈……唉，可惜我太笨了，很多事都沒做好，剩下一個兒子，竟然也沒教好……」

柏豪挾了幾口滷味吃，牆上的鐘跑得飛快，他有許多話想對老陳講，但他從來也不是懂得將心中話有條有理地講出來的小孩。他靜了靜，說：「阿爸，我前幾天夢見很久以前家裡工廠失火，是你把我救出來的對不對。」

「啊？」老陳愣了愣，答：「對啊，俉爸力氣很大對不對，一隻手提著你，一隻手扛滅火器……啊！都過去了，你媽現在說不定是個活潑可愛的小女生，都過去了，別再提了！阿爸沒讀什麼書，沒辦法教你太多事，好多事情碰上了才知道是怎麼一回事，跌跌撞撞，一面走一面學。你還是個囝仔，你有大好的前途，你記住，做人有沒有成就有時要看老天，但是要做好人還是做壞人是看自己。到了底下，這一生做過什麼好事，幹過什麼壞事，都清清楚楚，騙不了人，知道嗎！」

「知道。」柏豪點點頭，仔細聆聽老陳給他最後的教誨。

□

風和，日暖。

這天是週末假日，王智漢提著一袋水果，經過奉靈宮外頭的大空地。距離老陳還陽那晚，又過了許多天，這許多天來王智漢時常抽空在奉靈宮附近繞繞，爲的是怕土方的人趁機前來鬧事，但此時見奉靈宮那違建加蓋幾乎已拆得一乾二淨，廢棄建材也已清運完畢，幾個街坊大叔正各自以長柄刷大力洗刷積覆著厚重煙垢的牆面，大半邊黑沉沉的牆面已給刷出了鮮亮一角。

老灰仔躺在樹下的躺椅，和幾個老人泡茶聊天，那些人本是田叔父親的舊識。

消息。」

王智漢走上前，向老灰仔揮了揮手，和眾人點了點頭，問：「這幾天有沒有阿田的

「沒咧。」

「我看到那歹傢伙一定通知王小隊長。」

「好久都沒看見他了。」

幾個老頭你一言我一語地說著，老灰仔喝了口茶，向王智漢笑了笑說：「王小隊長你放心啦，要是阿田他再回來，我拚了老命，也會把他押著去警察局自首，不會再讓阿田那歹囝仔亂搞奉靈宮了啦！」

「這樣就好。」王智漢用手遮著陽光，仰頭看著奉靈宮掛上的新燈籠，窗口邊還伏著一個少年身影——柏豪，在王智漢的協助下，老灰仔成了柏豪的臨時監護人。

柏豪似乎沒看見王智漢，他這個週末的功課早做完了，此時正無聊得望著幾隻飛鳥在空中展翅飛翔。他想起那晚和老爸的宵夜吃得極久，而他和老爸談的話，幾乎超過了過去數年的總和，他們聊到了陰間，聊到了老爸和老媽相識的過往，聊到了柏豪小時候，聊到了柏豪未來的志向，聊到了老爸投胎之後想當男或當女……

從那晚之後，柏豪開始覺得自己的人生似乎還很漫長，他還有很多事可做，他也想

要做一番大事，要出人頭地，但即便不能出人頭地，至少也得要腳踏實地，那關係到陰間的某些紀錄，那是老陳對他最後的叮囑。

老陳十年來的責罵他一個字也沒聽進去，但那個漫長一夜裡的最後教誨，他願意將之謹記一生——

「做人有沒有成就有時要看老天，但是要做好人還是做壞人是看自己。到了底下，這一生做過什麼好事，幹過什麼壞事，都清清楚楚，騙不了人，知道嗎！」

《陰間　黑廟》完

後記

《黑廟》這個故事最早的靈感由來來自於二〇〇五年時「小潤」網友的來信，那是一個舞蹈團體，對我另一部作品《太歲》中的民間信仰部分的描述十分感興趣，希望我能創作一些風格相近的文字作爲舞蹈的意念腳本。

當時答應下來，且在很短的時間內完成了《黑廟》的初步腳本，但由於稿量趕不上的關係，並沒有繼續著手這部作品，直到三年後，在挑選《陰間二》的題材時，才發現《黑廟》的原始腳本，和「陰間系列」的風格十分相合，便如此拍板定案。

原始「黑廟」腳本當中的藝陣是八家將，到後來決定改爲官將首，一方面當然是希望能和《太歲》中的家將有所區別；另一方面，官將首的意義便如同書中所述，在民間信仰當中，是爲地藏王菩薩收伏的妖邪惡鬼，在人世間代神出巡、除惡懲奸，是金盆洗手、是洗心革面、是浪子回頭。比起八家將，更適合「黑廟」這篇故事。

關於故事中敘述的官將首的裝扮、習俗、戒律等，筆者皆曾做過粗淺的功課、查閱過相關書籍文獻等等，但和眞實生活中的藝陣文化未必完全一致。一來各宮各廟流傳下來的藝陣文化皆有分歧之處，例如故事中的「增損將軍」，便有一增二損、一損二增的分別；有三人成陣的陣形，也有加入虎爺將軍、范謝將軍、引路童子、雜役等十餘人的大型陣頭。

故事中的田叔自然是個壞傢伙，壞傢伙召集調教出來的陣頭成員們當然也好不到哪裡去，因此在故事中小滅、嘉宇等陣頭成員們的行爲、舉止，大都是負面、粗暴的，這來自於他們本身的成長過程、教育和社會因素，而非家將、將首等傳統藝陣文化的原貌。

故事終究是故事，也請各位喜愛藝陣文化的凡人或是靈界的朋友們莫見怪啦。

星子
2008

黑廟新版後記

十年之後重看黑廟，有些得意又有些害羞。

害羞的是當時有些情節鋪陳、人物演繹都稍嫌生澀；得意的是，經過了十年，我在寫作技術以及說故事技術上，也確實有些許長進。

「十年」聽起來好長，但意識到這個數字時，又覺得一眨眼就溜過去了。

一直到這兩三年，身邊至親朋友、朋友的至親漸漸遭遇病痛磨難、面對生離死別時，才驚覺「變老」這件事，並不只是故事裡爲了追求感傷的刻意經營，而是眞眞切切會發生在自己和親友身上的事實。

人們說「活到老學到老」，但很多時候其實是反過來的，我們常常才剛弄懂一些東西、明白一些事情，就已經老了。

常常連修正錯誤的機會都等不到，就已經老了。

就像故事裡的柏豪意識到爸爸或許沒那麼臭、沒那麼壞的時候，已經有點晚了。

星子

2018/7/7 寫於林口長庚醫院附近的旅館

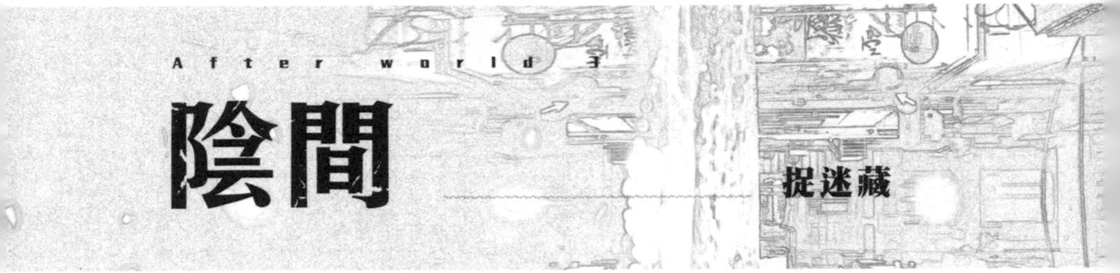

After world 3

陰間

捉迷藏

古老的大房子，陳舊的木製衣櫃，
那裡是孩子們捉迷藏的天堂，更是陰間通往陽世的鬼門……

人間陰陽失調，突然間鬼魂肆虐，
究其原因，竟是有人暗中大開多處鬼門，引鬼作祟！
牛頭張曉武因故被迫停止所有職權，卻無法放任所轄管區遭人蓄意生事，
他和新人馬面將如何阻止事件越擴越大？

陽世人類為一己之私，不惜破壞陰陽規則，
地底城隍卻也不遑多讓，派系分明、利慾薰心。
初出茅廬的幼保科老師將如何帶著天真、難纏愛搞怪小蘿蔔頭們，
出遊戲裡突然冒出的陰間住戶的利爪……

捉迷藏中，有些地方不能躲，而有些門則是不能開……

國家圖書館出版品預行編目資料

陰間：黑廟／星子 著.——初版.
——台北市：蓋亞文化，2018.7
面；公分. --（星子故事書房）
ISBN 978-986-319-349-4（平裝）

857.7 107009120

星子故事書房 TS008

陰間〔黑廟〕

作　　者　星子（teensy）
封面設計　莊謹銘
總 編 輯　沈育如
發 行 人　陳常智
出 版 社　蓋亞文化有限公司
地址：台北市103承德路二段75巷35號1樓
電話：02-2558-5438　傳眞：02-2558-5439
電子信箱：gaea@gaeabooks.com.tw
投稿信箱：editor@gaeabooks.com.tw
郵撥帳號 19769541　戶名：蓋亞文化有限公司
法律顧問　宇達經貿法律事務所
總 經 銷　聯合發行股份有限公司
地址：新北市新店區寶橋路二三五巷六弄六號二樓
電話：02-2917-8022　傳眞：02-2915-6275
港澳地區　一代匯集
地址：九龍旺角塘尾道64號龍駒企業大廈10樓B&D室
電話：+852-2783-8102　傳眞：+852-2396-0050
初版四刷　2023年11月
定　　價　新台幣 250 元
Published and printed in Taiwan

ISBN 978-986-319-349-4

GAEA

GAEA